KB114899

FUSION FANTASTIC STORY

탁목조 장편소설

천공기

穿孔機

천공기 7

탁목조 장편소설

초판 1쇄 찍은 날 § 2016년 2월 12일
초판 1쇄 펴낸 날 § 2016년 2월 19일

지은이 § 탁목조
펴낸이 § 서경석

편집책임 § 이재림

펴낸곳 § 도서출판 청어람
등록번호 § 제387-1999-000006호
등록일자 § 1999. 5. 31
어람번호 § 제1-2354호

주소 § 경기도 부천시 원미구 부일로 483번길 40 서경B/D 3F (우) 14640
전화 § 032-656-4452 팩스 § 032-656-4453
http://www.chungeoram.com
E-mail § chungeorambook@daum.net

ISBN 979-11-04-90639-8 04810
ISBN 979-11-04-90408-0 (세트)

FUSION FANTASTIC STORY

탁목조 장편소설

천공기

穿孔機

7

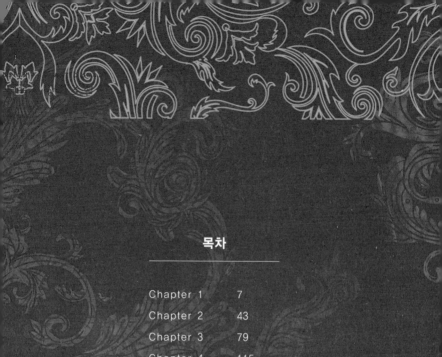

목차

Chapter 1

감염이란 말이지

'위험하다. 죽을지도 모른다!'

위기감이 그를 엄습했다.

몸 안에는 이질적인 기운이 가득하고, 그 기운들이 그의 에테르 운용을 지속적으로 방해하고 있었다.

벽을 허물고 초월적인 존재가 되었다고 해서 무적은 아니다.

지금 이 순간, 그는 선택을 해야 했다.

어머니인 에테르 코어의 명령은 명확했다.

이곳 판게아 세상에서 행성 코어의 세력을 축소시켜서 결국 어머니가 행성 코어를 완벽하게 집어삼킬 수 있도록 돕는 것.

하지만 그러자면 눈앞에 있는 인간 초인을 어떻게든 처치해야 했다.

'어떻게?'

그는 오래 생각할 필요도 없이 방법이 없다는 사실을 알았다.

'지금은 안 된다. 그럼 가능성은?'

결론도 쉽게 나왔다.

몸을 피해서 후일을 기약하는 것이 최선이었다.

어머니인 에테르 코어 역시 그가 허무하게 여기서 죽는 것보다는 도주 후에 방법을 찾는 쪽을 권장할 것이 분명했다.

'하지만 혼자서는 가능성이 별로 없다.'

도망을 가는 것도 혼자서는 의미가 없었다.

동료들과 함께 몸을 피한 후에, 동료들 역시 벽을 허물기를 기다려야 했다. 애초부터 그들 넷은 벽을 허물 가능성이 높은 이들로만 엄선되어 이곳에 들어왔던 것이니, 시간만 있다면 가능성은 높을 것이다.

"막아야 해! 도망가려 하고 있어. 여기 폴리몬들 넷이 한꺼번에 도주를 하려고 한다고!"

바로 그 순간 그는 인간 초인과 함께 나타났던 또 다른 일족이 고함을 지르는 것을 들었다.

그가 자신이 생각하는 것을 고함쳐서 인간 초인에게 알려주었다.

순간 인간 초인의 기세가 확 바뀌면서 자신은 물론이고 남은 세 명의 동료들까지 영향력 아래로 넣어 버렸다.

이래서는 벽을 넘지 않은 동료들은 절대로 도주가 불가능하다. 이미 인간 초인의 의지에 지배되는 영역 안에 들어 있는 상황에서 동료들이 무엇을 할 수 있을까.

'나조차도 당장 탈출 가능성이 높지 않아!'

그는 소리를 지른 여성체 일족을 바라봤다.

몸의 대부분이 에테르 생체 구조로 되어 있는 일족.

지구에서 실험을 통해 태어난 존재지만 어머니의 그늘 아래로 들어와서 일족의 대우를 받는 이들이었다.

그런데 그런 존재가 지금 어머니의 뜻을 거역하고 있는 것이다. 더구나 조금 전에 소리를 지른 것을 봐서는 지금도 어머니와의 연결이 끊어진 것은 아닌 모양이었다.

'위험한 존재. 어머니와 우리들의 이야기를 모두 듣고 옮긴다는 소리… 정말 위험하군. 크으윽!'

그는 인간 초인의 공세를 겨우겨우 버티고 있었지만 자신에게 남은 시간이 별로 없음을 알고 있었다.

몸을 잠식하는 기괴한 에테르가 조금 전보다 훨씬 많이 들어와 몸을 차지하고 있었고, 자신의 의지로 붙들어 둘 수 있는 에테르는 이제 얼마 남지 않았다.

그 에테르들이 모두 떨어지게 되면 그때, 자신은 끝을 맞이하게 될 것이다.

'그전에!'

그는 눈빛을 빛냈다.

저런 위험한 존재를 그냥 둘 수는 없다는 생각이었다.

그는 크라딧들이 다수 존재하고 그들이 판게아의 이종족과 뜻을 같이하면서 몬스터 토벌에 앞장서고 있음을 몰랐다.

그래서 미도리만 죽이면 세현에게 큰 타격이 될 거라고 생각했다.

투화황!

"뭐, 뭐냐?"

세현이 깜짝 놀라 당황한 소리를 질렀다.

폴리몬 초인이 스스로의 목숨을 포기하면서 미도리를 공격한 것이다.

세현의 공격을 방어하던 에테르까지 모두 이용해서 멀리 떨어져 있는 미도리를 공격할 거라곤 생각지도 못했던 세현이었다.

그래서 미도리를 향한 공격을 막는 것이 조금 늦었다.

급하게 폴리몬 초인이 날려 보낸 공격을 막기 위해 의지를 움직였지만 완벽하게 막아낼 수는 없었다.

퍼버벙!

"아아악!"

"으윽!"

"악!"

"켁!"

미도리와 세 명의 폴리몬이 폭발의 휩싸였다.

그리고 방어를 포기했던 폴리몬 초인도 온몸이 하나의 고깃덩이처럼 변해서 바닥에 쓰러졌다.

세현은 그런 폴리몬 초인의 상태를 확인했다.

만약이라도 여지를 주지 않으려는 냉정한 태도였다.

그리고 한동안은 절대 회생하지 못할 것을 확인하고 미도리에게로 향했다.

"좋지 않군."

세현은 미도리의 상태를 확인하고는 말했다.

오른쪽 어깨부터 옆구리 일부가 사라지고 없었다.

"아하아, 이게 뭔지 모르겠네. 이렇게 죽게 되나?"

미도리가 가까이 다가와서 자신을 내려다보는 세현에게 물었다.

상처에 비해서 목소리가 명확했다.

"일반적인 생명체라면 내게 방법이 있지만, 에테르 생체구조에 대해서는 자신이 없다. 그래도 한번 맡겨 볼 텐가?"

세현이 미도리에게 물었다.

앙켑스의 특징은 세현이 알고 있는 모든 종류의 기운으로 변환이 가능하다는 것이다.

그래서 앙켑스 에테르를 신체의 회복 능력을 최대로 자극하는 기운으로 바꾸면 그 대상은 상처가 빠르게 회복된다.

하지만 세현은 일반적인 생명체의 회복력을 높이는 기운은 알고 있지만 에테르 기반 생명체를 회복시키는 쪽은 알지 못했다.

"죽기 싫다면 뭐라도 해야 하는 상황이지. 지금 내 상태가 뭘 따질 상황은 아니지 않나?"

미도리는 세현의 제안에 앞뒤를 가릴 처지가 아님을 토로했다.

그래서 세현은 곧바로 미도리에게 앙켑스 에테르를 흘려 넣기 시작했다.

[음음. 망가졌어. 안 좋아.]

그때, 세현의 뇌리로 '팥쥐'의 의지가 전해졌다.

'상태를 알 수 있어?'

세현이 기대감을 품고 '팥쥐'에게 물었다.

[음음. 알아. 에테르로 차곡차곡 쌓은 거야. 아주 잘 만든 거야. 몬스터도 다 그런 거였어.]

'팥쥐'가 뭔가 깨달은 듯이 말했다.

[역시 테멜 언니보다 더 대단해! 음음.]

[맞아!]

"콩쥐?"

세현은 '팥쥐'의 말에 맞장구를 치는 존재가 콩쥐란 사실에 깜짝 놀랐다.

'콩쥐, 나와도 되는 거냐? 이젠 그냥 두기로 했어?'

세현이 '팥쥐'에게 물었다.

[음! 동생이야. 잘해 줘야 한다고 했어. 이제 말 잘 들을 거니까 혼내지 않아도 된다고.]

"누가?"

세현이 물었다.

그렇게 세현이 혼잣말을 시작하자 미도리는 점차 죽음에 가까워지는 자신의 상태로 잊고 '저게 뭐하는 짓이야?'라는 눈빛으로 세현을 보고 있었다.

[언니! 행성 코어 언니가 그랬어! 콩쥐, 착해졌다고. 음음.]

[나, 착해!]

'지금 지구의 행성 코어와 연결이 되었다고 하는 거야?'

세현은 콩쥐와 '팥쥐'의 이야기에 깜짝 놀랐지만 겉으로 그런 사실을 드러내지 않으려 애썼다.

[음음. 얼마 전에, 테멜 코어 언니랑 비슷한 방법으로 여기 행성 코어 언니와 이야기를 시작했어. 음음. 그런데 그러는 동안에는 세현에게 말 못했어. 언니가 나하고 콩쥐 가둬놓고 확인해야 한다고 했어. 착한지 아닌지.]

[우리, 착하다고 했어! 그래서 다시 돌아왔어.]

'행성 코어에게 잡혀 있다가 왔다고?'

세현은 도대체 콩쥐와 '팥쥐'가 어딜 갔었다고 하는지 이해가 되지 않았다.

[음음. 아니야. 가지 않았어. 하지만 갇혔어. 언니가 우리 못 움직이게 하고 이것저것 물었어. 음음.]

[그리고 많이 배웠어. 언니, 좋아! 많이 가르쳐 줬어. 테멜 언니보다 훨씬 더 똑똑해! 힘도 세고!]

'팥쥐'와 콩쥐가 세현에게 그동안 있었던 일을 간단하게 설명했다.

'내가 모르는 사이에 그런 일이 있었단 말이야?'

세현은 초인이다.

그런데 그의 손목에 있는 천공기 안에서 '팥쥐'와 콩쥐가 억류를 당한 상태로 지구의 행성 코어와 강제로 소통을 하고 있었단 이야기다.

[음음. 좋은 언니야. 많이 배웠어. 우린 더 많이 컸어. 음음음!]

[자랐어! 더 많이!]

세현은 무척 당황스럽고 또 기분이 좋지 않은 일이었지만 '팥쥐'와 콩쥐는 그런 경험에 대한 거부감이 없는 듯했다.

도리어 행성 코어에게 뭔가 배웠다는 사실을 기쁘게 생각하는 모습이 역력했다.

"저기, 나를 좀 봐주지 않겠나? 난 곧 죽을 것 같은데?"

그때, 세현의 귀로 미도리의 목소리가 들렸다.

미도리는 자신의 상태에 아랑곳하지 않고 혼잣말을 하더니 또 한동안 침묵을 지키는 세현 때문에 속이 바싹 타들어 가는 중이었다.

금방이라도 숨이 넘어갈 것 같은 상황에서 도움을 줘야 할 세현이 딴짓을 하고 있으니 당연한 일이다.

"곤란하군."

세현은 미도리의 생명을 구하고 싶었지만 당장 그가 사용한 앙켐스 에테르를 어떤 형태로 바꾸어야 미도리에게 도움이 될지 판단을 내리지 못하고 있었다.

일단 미도리의 상처에서 흩어지고 있는 에테르를 억지로 잡아 두고 있기는 하지만, 그것이 미봉책인 것은 그도 분명히 알고 있었다.

[음음. 수술이 필요해!]

[맞아, 수혈도 해야 해!]

'팥쥐'와 콩쥐가 그런 세현에게 조언을 했다.

"수술? 수혈?"

[음. 사라진 부분을 복구해야 해. 중요한 부분을 그대로 떼어다가 복구를 하면 되는 거야. 그럼 작은 부분들은 알아서 수복이 되는 거야. 음음. 그게 수술이야.]

'팥쥐'가 대답했다.

"그럼 수혈은?"

[에테르를 보충해 주는 거. 모자란 에테르를 넣어줘. 그럼 상처가 나아.]

이번에는 콩쥐였다.

세현의 시선이 자연스럽게 한쪽에 쓰러져 죽어가고 있는 초인 폴리몬과 미도리 곁에 함께 쓰러져 있는 세 명의 폴리몬으로 향했다.

세현이 손을 뻗어서 네 명의 폴리몬을 미도리 곁으로 끌어왔다.

네 폴리몬은 허공을 날아 미도리와 나란히 땅바닥에 누웠다.

쿠아아아앙. 쿠콰콰콰락 쿠콰락 쿠락!

밀찍이 떨어진 곳에서는 몬스터들이 포효를 터뜨리며 세현 쪽을 보고 있었지만 감히 다가오진 못했다.

에테르 코어도 몬스터들 따위가 초월자를 어쩔 수 없다는 것을 알고 있으니 몬스터들에게 공격 명령을 내리진 않고 있는 것이다.

세현은 네 폴리몬 중에서 가장 상처가 심한 초인 등급의 폴리몬을 쳐다봤다.

다행스럽게도 오른쪽 어깨부터 옆구리까지의 주요 부위들은 건재한 듯 보였다.

다만 몬스터 패턴이 있는 머리 부분에 상처가 크게 나 있는 것이 눈에 거슬렸다.

"일단 미도리부터 회복을 시켜야겠지?"

세현은 곧바로 초인 폴리몬의 오른쪽 어깨에서 옆구리까지의 에테르 생체구조를 그대로 본떠서 미도리에게 덧붙여주었다.

사실상 초인 폴리몬의 몸을 그대로 복제해서 미도리에게 붙여줬다고 할 수 있었다.

앙켑스 에테르는 모든 형태의 에테르로 변화가 가능한데, 그것을 초인의 능력으로 세밀하게 다뤄서 초인 폴리몬의 에테르 생체구조를 완벽하게 재현했다.

"으으음!"

미도리는 자신의 것이 아닌 신체 구조가 자신의 몸과 연결되는 것이 고통스러운지 인상을 찌푸렸다.

하지만 시간이 흐르면서 미도리의 몸에서 흘러나온 에테르가 세현이 만든 생체구조를 받아들여서 접합을 시작했다.

"그것 참."

세현은 그 모습을 허탈한 듯이 바라봤다.

그토록 심각한 상처를 입었는데 에테르로 만들어진 생체구조를 덧붙이는 것으로 그 부상을 회복시킬 수 있다니.

세현이 알고 있는 일반적인 생명체의 상식을 완전히 벗어난 모습이었다.

세현이 이번에는 초인 폴리몬과 다른 세 폴리몬의 상처로 시선을 옮겼다.

특히 초인 폴리몬은 지금 당장 숨이 끊어져도 이상할 것이
없을 정도로 상처가 심했다.

"이것도 될까?"

세현이 초인 폴리몬의 사라진 신체 부위에 미도리의 몸을 복
제해서 덧붙이기 시작했다.

그리고 덤으로 상처 입은 다른 세 폴리몬의 몸에도 미도리의
신체를 복제해서 연결하는 작업을 실행했다.

[음? 다른데? 달라. 음음음.]

[맞아, 달라. 이유가 뭐야?]

[음음음? 다른 이유. 미도리가 달라. 음음. 문제가 생길 수도
있어.]

그런데 작업 중인 세현에게 '팥쥐'와 콩쥐가 뭔가 문제가 있다
고 떠들었다.

'무슨 소리야? 미도리가 위험하다는 거야?'

세현은 자신이 보기엔 별문제가 없는 것 같은 미도리를 보며
물었다.

[아니야. 그게 아니야. 저 초인 폴리몬이 문제야. 음음. 이상해!]

하지만 '팥쥐'는 미도리가 아닌 폴리몬에게 문제가 있다고 했
다.

세현의 고개가 폴리몬 초인에게로 획 돌아갔다.

크라딧의 치명적인 독(毒)

'에테르 기반 생명체들의 신체 구성에는 코어로부터의 명령을 접수하는 통로가 있다. 그리고 그 통로로 접수한 코어의 명령을 에테르 기반 생명체들은 거부감 없이 받아들인다. 그런 명령 중에는 구체적인 지시가 아니라 본능이라고 해야 할 정도로 원초적이고 기본적인 것들도 포함된다. 생존 본능보다 더 강한 적개심을 이성을 지닌 다른 기반 생명체에게 보이는 것도 에테르 코어의 명령 때문이라고 봐야 한다. 그렇다면 에테르 기반 생명체들은 독립적인 생명체로 봐야 하는가, 아니면 전체가 코어라는 하나에 묶인 군집 생명체라고 봐야 하는가?'

세현은 그렇게 복잡한 생각을 거듭하며 모닥불 반대쪽에 앉아 있는 미도리와 네 명의 폴리몬을 바라봤다.

아직도 몬스터들은 세현을 중심으로 수백 미터 떨어진 거리에서 원형으로 만든 포위망을 구성하고 있었다.

물론 고작 몬스터 따위의 위협이 세현에게 어떤 감흥을 줄수 있는 것은 아니었다.

초인이 하급의 몬스터 따위에게 신경을 쓸 일은 없다.

그걸 알기에 포위하고 있는 몬스터들도 꼼짝을 않고 있는 것이리라.

지금 세현의 관심은 미도리 곁에 붙어 있는 네 폴리몬이었다.

네 폴리몬 중에 하나는 얼마 전까지 세현과 격하게 전투를 벌였던 초인 폴리몬이었다.

"괜찮다. 떨지 마라."

미도리가 그 폴리몬 초인의 팔을 잡아 쓸어주며 말한다.

조금 전에 세현의 시선이 그 폴리몬을 훑고 지나가자 폴리몬 초인이 몸을 움츠리며 떨었기 때문이다.

지금 네 명의 폴리몬은 세현의 시선을 받을 때마다 몸을 떨었다. 세현은 그 이유가 죽음의 공포 때문이란 사실을 미도리에게 들었다.

세현은 다시 그들 다섯에게서 고개를 돌려서 생각에 잠겼다.

일이 이렇게 된 것은 세현이 부상을 입은 미도리와 네 명의 폴리몬을 치료하면서부터였다.

미도리는 몸의 훼손된 부분을 폴리몬 초인의 신체를 모방해서 만들어낸 것으로 거뜬하게 회복이 되었다.

심지어는 이전보다 훨씬 더 기운을 운용하는 능력이 신장되기도 했다.

어쨌거나 전화위복이라고 할 정도로 상태가 좋아진 것은 분명했다.

하지만 폴리몬들은 사정이 달랐다.

폴리몬을 치료하기 위해 사용한 것은 미도리의 신체를 구성하는 에테르를 복제한 것이었다.

그런데 그 미도리의 신체를 이식받은 폴리몬들은 엄청난 고통을 겪으며 한바탕 열병을 앓았다.

체온이 평소의 두세 배로 뛰면서 에테르 생체구조가 거의 해체될 정도로 심각한 상태가 되기도 했다.

세현도 이유를 알 수 없어서 자신이 이식했던 부분을 다시 덜어낼까 고민을 할 정도였다.

하지만 어차피 에테르 기반 생명체인 적이란 생각에 그 고통이 어째서 일어나고 폴리몬들에게 어떤 변화를 주는가를 살피며 방치했다.

그리고 그 결과 폴리몬들은 부상에서 회복되어 건강한 몸으로 일어났다.

'건강한 몸'이었다.

하지만 몸만 건강해지고 정신 쪽에선 그렇지 못했다.

폴리몬들은 깨어나면서부터 세현을 볼 때마다 경기를 일으키며 미도리에게 의지하려 했다.

[음음. 문제 있어. 변했어. 굉장해!]

[언니가, 행성 코어 언니가 그렇게 했어.]

[콩쥐, 아니야. 세현이 한 거야. 거기에 가이아 언니가 개입?

그래, 개입했어.]

　[개입? 끼어든 거? 세현 주인님이 한 거? 거기에 가이아 언니, 행성 코어 언니가 끼어들었어?]

　[음! 맞아. 그거야.]

　'무슨 말인지 자세하게 설명해 봐.'

　폴리몬의 변화를 두고 떠들기 시작하는 콩쥐와 '팥쥐'에게 세현이 설명을 요구했다.

　[음. 미도리의 몸. 그 생체구조에 있어. 본능적인 거.]

　'본능적인 거라니?'

　[음음. 다른 에테르 기반 생명체와 다른 거. 코어를 부정하고 독립적으로 살고 싶어 하는 그거. 지배 받고 싶지 않다고 하는 그거. 있어. 미도리의 생체구조 속에. 전엔 몰랐는데 행성 코어 언니. 가이아가 그렇다고 해서 알았어.]

　'크라딧의 몸 안에 그런 것이 있다는 거지? 미도리뿐만이 아니라 모든 크라딧에게 있는 거겠지?'

　세현은 분명히 그러리라고 생각했다.

　크라딧은 지구의 인간이었던 존재들이다.

　실험 때문에 몸이 에테르 생체구조로 변하긴 했지만 그 근본은 인간이었다.

　그러니 인간이었을 때에 가지고 있었던 기본적인 것들을 지금도 가지고 있다고 보면, 미도리만 특별하진 않으리라 생각했다.

[음음. 맞아. 그래. 언니가 모두 가지고 있다고 해. 전에 몰랐는데 세현이 폴리몬들 치료하면서 그게 나타났다고 했어. 숨어 있던 건데 확실하게 나온 거래.]

'좋아. 그건 그렇다 치고, 저것들이 저 모양이 된 이유는 뭐야?'

세현이 미도리에게 엉겨 붙으려는 네 폴리몬들을 보며 물었다.

[퇴화! 음음. 퇴화해서 그래. 생각이 어려진 거야. 대신에 죽음에 대한 공포를 느끼고 삶에 애착을 가지게 된 거야. 음음. 거기다가 크라딧들처럼 코어의 지배에 대한 거부감도 가지게 되었을 거라고 해. 음음.]

[맞아. 맞아. 미도리가 가지고 있던 것을 받아서 그게 저들에게 적용이 되면서 변화가 생겼어. 미도리보다 훨씬 강해졌어. 더 강하게 지배에 저항하려고 하고, 살고 싶어 하고, 개성을 지니려 할 거래. 언니가 그랬어!]

'팥쥐'와 콩쥐는 그렇게 상황을 설명했다.

대부분이 지구의 행성코어라는 가이아의 개입으로 이루어진 것이라고 하지만 굉장한 일이 아닐 수 없었다.

크르룽. 크롸롸락. 카오오오!

"어이가 없네."

세현은 한쪽에 옹기종기 모여 있는 몬스터들을 보며 말했다.

세현이 보는 쪽에는 십여 마리의 몬스터들이 모여서 몸을 붙이고 있었다.

"굉장하다. 죽이는 것이 아니라 저런 식으로 만들 수 있다니 놀랍다."

미도리가 세현 곁에 서서 정말 놀란 표정으로 입을 다물지 못했다.

크롸롸롸롸롸!

카오오오오! 키에에엑! 츠츠츠춧 츠츠츠!

멀리서 몬스터들의 포효 소리가 들려오자 세현이 그곳으로 시선을 던졌다.

네 명의 폴리몬이 그곳에서 몬스터들과 실랑이를 벌이고 있었다.

넷 중에 하나는 초월적 경지에 올랐던 폴리몬이다.

당연히 몬스터들이 상대가 될 수 없었다.

거기다가 다른 세 폴리몬도 벽만 허물면 초인의 경지에 오를 수 있는 이들이었다.

그러니 몬스터들을 상대하는 것이 어려운 일은 아니었다.

애초에 몬스터들은 에테르 기반 생명체들에겐 적의를 보이지 않는다.

그러니 지금 폴리몬들이 하고 있는 일은 가만히 있는 몬스터들을 괴롭히는 것이나 다름이 없었다.

크롸롸롸롸!

두두두두두두!

또 한 마리의 몬스터가 자신이 속했던 무리를 떠나서 세현 일행이 있는 방향으로 내달렸다.

그리고 이미 와서 옹기종기 모여 있는 몬스터들 사이로 합류했다.

"저 몬스터들이 다른 몬스터를 감염시키는 것은 기대하기 어려운 건가?"

세현이 중얼거렸다.

감염.

지금 폴리몬들이 몬스터들과 부대끼며 하고 있는 일이 바로 그것이었다.

폴리몬들은 미도리의 신체구조 일부를 받아들이면서 자연스럽게 미도리가 가지고 있는 휴먼인자까지 함께 받았다.

세현이 이름 붙인 휴먼인자라고 하는 것은 미도리나 크라딧들이 가지고 있는 인간 본연의 본성을 말하는 것이었다.

에테르 기반 생명체들에겐 없는 인간의 그것.

어떻게 그것이 에테르 생체구조를 가지게 된 크라딧의 몸에 숨어 있었던 것인지는 세현도 알 수 없었다.

실제로 미도리의 몸에는 이전 인간이었을 때의 신체는 남아 있지 않았다.

전부가 에테르 생체구조로 변한 것이다.

그런데 그 안에 인간이었을 때에 가지고 있던 본성을 숨기고 있었다.

세현이 미도리의 영혼에 그것이 있다고 하지 않고 몸에 있다고 한 이유는 세현이 폴리몬을 치료할 때에 미도리의 영혼을 사용한 것이 아니었기 때문이다.

미도리의 신체 일부를, 그것도 복제해서 사용했는데, 그것을 받은 에테르 기반 생명체가 감염이 되었다.

'끝쥐'와 콩쥐도 지구 행성 코어의 증언을 기반으로 미도리의 몸에 그것이 숨어 있었다고 확인해 줬다.

'으음… 어쩌면 영혼도 그럴지도 모르지.'

세현은 생각했다.

정의하기 어려운 영역인 영혼.

하지만 없다고 단언할 수는 없는 그것에 대해서 세현은 에테르 생체구조처럼 어떠한 에너지, 혹은 정보로 구축되어 만들어진 것이 아닌가 생각했다.

'몸이 사라진 크라딧이지만 그 영혼은 유지하고 있었겠지. 그리고 에테르 생체구조가 만들어질 때에 그 영혼에서 일부가 생체구조에 녹아들어갔다고 생각하면? 아니, 녹아들어간 것이 아니라 영향을 미쳤다고 생각하면 이해가 되지.'

세현은 모닥불을 바라보며 다시 생각에 잠겼다.

깊은 사색.

그 속에서 세현은 자신만의 영혼관을 정립시켰다.

누구도 확언하지 못하는 영역에 대해서 자신만의 이해를 바탕으로 체계적인 영혼관을 만들어 낸 것이다.

'따지고 보면 생명체라고 하는 모든 것은 아주 작은 크기지만 엄청난 정보를 담고 있는 기본 단위, 우리가 흔히 세포라 부르는 그것의 조합이지. 그것들이 얽혀서 만들어 낸 것이 생명체. 하지만 거기엔 보이지 않는 운영체계가 숨어 있어. 영혼이라는.'

'그 영혼이 몸뚱이를 움직이지. 영혼이 프로그램이면 몸뚱이는 출력을 맡은 부분이라고 봐야겠어. 물론 그중에는 영혼이 지닌 정보를 일시간 보관하는 기능을 지닌 부분도 있겠지. 뇌가 대표적이겠지. 아니, 뇌는 출력기관을 총괄하는 부분으로 봐야 하나? 뇌에 문제가 생기면 영혼에서 내보내는 명령을 제대로 출력하지 못하는 경우가 생기니까. 그렇군, 그렇게 봐야겠어.'

세현의 생각은 깊어졌다.

'어쨌거나 영혼도 프로그램이라고 봐야겠지. 다만 그것은 내가 알지 못하는 어떤 것으로 만들어졌어. 에테르는 아니지. 영혼이 무엇으로 만들었는지는 몰라도 이번 사태로 알 수 있는 것은 있지. 영혼이 에테르로 이루어진 신체구조에 영향을 줄 수 있다는 거, 아니, 일반적인 우리들보다 에테르 기반 생명체에게 더 강력한 영향력을 가지는 것 같군. 영혼을 구성하는 그 무엇이 어쩌면 에테르에 더 친화적인 것인지도 모르겠어. 우리 같은 탄소를 기반으로 하는 생명체들의 세포보다는 에테르 생체구조에 더 잘 녹아드는 그런 것이겠지.'

세현은 그렇게 생각을 진전시키며 몬스터들을 감염시키고 있는 폴리몬들을 바라봤다. 그들이 몬스터를 감염시키는 방법은 그리 복잡하지 않았다.

자신들의 몸을 구성하는 에테르 일부를 녹여서 그것을 몬스터에게 주입하는 간단한 방법이다.

그들의 에테르는 아주 소량씩 풀어져서 그들이 사용하는 에테르 속에 포함이 된다.

그리고 그 에테르를 접촉한 몬스터들은 병을 앓듯 몸부림을 치다가 일어난다.

그러면 일은 끝난 것이다.

앓다 일어난 몬스터는 더 이상은 에테르 코어의 지배를 받지 않는 존재가 되어버린다.

지금의 폴리몬들이 그러하듯이.

도리어 크라딧인 미도리보다 훨씬 강력하게 지배에 저항하는 모습을 보인다.

세현이 그 모습을 감염이라고 표현한 것은 그런 이유 때문이다.

병이 옮아가듯이 폴리몬들의 에테르에 감염된 몬스터들이 에테르 코어의 지배를 벗어나고 있는 것이다.

'아깝군. 감염된 몬스터들이 다른 몬스터를 감염시킬 수 있으면 좋겠는데 말이지. 방법이 없을까?'

폴리몬 넷보다는 수많은 몬스터를 이용할 수 있다면 얼마나 좋을까.

세현은 그런 생각을 하며 크라딧의 치명적인 독을 몬스터에게 살포하는 네 폴리몬을 바라봤다.

그리고 그 시간, 지구의 행성코어인 가이아와 한 몸이 되어 있던 에테르 코어는 격심한 위기감에 사고체계조차 흔들릴 지경이었다.

어떻게 그런 일이 일어날 수 있는지.

크라딧이란 지구 출신의 방계들이야 어차피 자신들, 즉 에테르 코어에서 태어난 것이 아니니 저항을 한다는 것을 이해할 수 있다.

하지만 폴리몬이나 하급 권속들은 이야기가 달랐다.

그것들은 온전히 에테르 코어에서 탄생한 존재들인데 창조주의 지배에서 벗어나고 있다니.

에테르 코어의 혼란은 깊어졌다.

궁지에 몰린 에테르 코어의 선택

판게아 세상의 질서는 급격하게 무너지고 있었다.

여전히 에테르 코어는 밤이 되면 자신의 권속들을 만들어 내고 있었고, 그 권속들이 가이아의 권속들을 공격하곤 했지만, 이미 균형추는 기울어 있었다.

동쪽 끝에서 시작된 변화는 들불처럼 번지면서 서쪽 끝을 향해 다가왔다.

그런데 그 들불 같은 변화는 서쪽 끝에서도 또 다른 형태로 시작되어서 에테르 코어를 위협했다.

사실 동쪽에서 시작한 변화나 서쪽에서 시작한 변화 모두 세현의 개입 때문에 벌어진 일이지만, 서쪽에서 벌어진 사태 때문에 에테르 코어가 급격하게 무너졌다.

자신의 권속들이 조금씩 지배를 벗어나고 있는 상황을 에테르 코어는 도무지 받아들일 수가 없었던 것이다.

그것은 에테르 코어가 탄생하고 수많은 세월이 흘러가는 동안에 한 번도 경험하지 못했던 일이었다.

에테르 기반 생명체, 즉 에테르 코어의 권속들이 다른 생명체와 공존하는 행성이나 세상이 수도 없이 많았다.

하지만 그 권속들이 에테르 코어의 지배를 완전히 벗어나서 자유 의지로 살아가는 경우는 없었다.

심지어 에테르 코어가 모두 사라지고 오직 권속들만 남은 행성이나 공간에서도 에테르 기반 생명체들이 에테르 코어의 지배에서 완전히 자유로운 것은 아니었다.

그 권속들은 마지막으로 에테르 코어가 남긴 명령에 충실하게 따르며 살아가는 것일 뿐이다.

그런데 이번 사태는 정확하게 에테르 코어의 지배를 벗어난 권속의 등장이었다.

[위험하다.]

에테르 코어는 그렇게 생각했다.

그리고 당장 할 수 있는 일에 대해서 궁리했다.

이제 오래지 않아서 판게아는 가이아의 세상이 될 것이고, 에테르 코어인 자신은 힘을 잃게 될 것이다.

힘을 잃은 코어는 자연스럽게 지구의 행성 코어인 가이아에게 흡수가 될 것이고, 그것은 에테르 코어의 소멸을 의미했다.

[도주, 불가능.]

에테르 코어는 가이아에서 자신을 분리해서 도망가는 것이 불가능하다는 사실을 다시 한 번 확인했다.

애초 첫 시작부터 가이아와 하나가 되어서 잠식하는 방법을 썼기에 둘을 분리하는 것은 불가능했다.

그게 가능했다면 가이아가 에테르 코어를 분리해서 지구에서 추방했을 것이다.

[위기, 이것은 개체인 나만의 문제가 아니다. 우리 모두의 문제.]

에테르 코어의 생각은 거기에 미쳤다.

자신이 지구의 행성 코어를 공략하는 것에 실패하는 것까지는 어쩔 수 없이 감수하더라도 그 이상은 곤란했다.

사실, 다른 행성을 공략하다가 실패하는 에테르 코어는 성공하는 경우보다 많았다.

그러니 가이아를 공략하던 에테르 코어가 실패한다고 그것이 에테르 기반 생명체 전체에 큰 영향을 주진 않을 것이다.

물론 지구라고 하는 원형에 가까운 행성의 공략에 실패하는 것이 무척 아쉽기야 하겠지만, 그렇다고 에테르 기반 생명체 전체의 생존에 문제가 생기진 않는다.

하지만 지금 급격하게 번지고 있는 '병(病)'은 문제가 심각했다.

[방법을 찾아야 한다.]

*   *   *

가이아는 어느 순간부터 활동을 멈춘 에테르 코어 때문에 여간 신경이 쓰이는 것이 아니었다.

판게아 세상에서 주도권을 잡고, 조금씩 우위를 차지하는 중인데, 갑작스럽게 에테르 코어가 모든 소통 수단을 걸어 잠근 상태로 침묵에 들어갔다.

그 때문에 가이아는 코어의 능력 중에서 3할 정도를 사용하지 못하는 상황이 되고 말았다.

그나마 에테르 코어가 활동을 하고 있을 때에는 서로 코어의 기능을 공유하며 사용할 수 있었는데, 지금은 에테르 코어가 일부를 점거하고 문을 닫아버렸다.

가이아도 이 상황이 마뜩잖았지만 그래도 지금 자신이 확보한 7할에 대한 방어를 확실하게 하기 위해서 일단 에테르 코어가 차지한 3할을 고립시키는 쪽으로 힘을 썼다.

결국 가이아의 작업이 끝이 났을 때, 에테르 코어의 역전 가능성은 전혀 존재하지 않게 되었다.

이제 에테르 코어가 차지한 3할의 부분을 차근차근 공략해서 빼앗아 오면 오랜 싸움은 끝이 날 것이다.

그리고 당연히 그 승리는 가이아의 것이 될 터이고.

[무얼 하는 걸까?]

가이아는 에테르 코어가 행성 코어의 3할을 이용해서 뭔가 하고 있음을 알고 있었지만 그 뭔가를 파악할 수는 없었기에 답답했다.

거기다가 이제 지구를 침략했던 에테르 코어를 제압한 것이나 다름이 없으니 판게아를 나서서 지구 전체를 다시 운영해야 할 때였다.

할 일은 많은데, 비겁하게 3할의 기능을 가지고 숨어 버린 에테르 코어에게 화가 나기도 했다.

되돌릴 수 없을 정도로 싸움의 결과가 정해지면 깔끔하게 포기하는 것이 당연한데, 이리 지저분하게 굴다니.

하지만 가이아가 그렇게 분통을 터트리는 동안에도 에테르 코어는 맹렬하게 뭔가 작업을 하고 있었다.

백신(Vaccine).

가이아의 생각과는 다르게 에테르 코어는 자신의 소멸을 인정했다.

하지만 판게아에서 일어나고 있는 권속들의 반란만은 해결을 해야겠다고 생각했다.

사실 그 문제를 다른 곳에 있는 에테르 코어에게 전하고 싶었지만 판게아에선 불가능했다.

판게아는 가이아와 싸우기 위해서 독립적인 공간으로 만들어 낸 곳이었다.

그렇기 때문에 가장 중요하게 생각했던 것이 외부와의 단절이었다.

오죽하면 가이아가 지구의 관리 자체를 하지 못하는 상황이 만들어졌을까.

그런 판게아에서 에테르 코어가 외부로 소식을 전하는 것, 그 것도 권속들의 반란과 관계된 정확한 정보를 전하는 것은 불가능했다.

그래서 스스로 이번 문제를 해결하기로 하고 원인 파악에 나섰고, 간신히 원인을 알아냈다.

도대체 이해할 수 없는 형태의 조직이 권속들의 에테르 생체 구조 속에 들어와 있었다.

원래 에테르 기반 생명체들에겐 병이란 개념이 없었다.

에테르 기반 생명체는 에테르로 만들어진 생명체였다.

사실상 에테르를 어떻게 하지 않으면 그것으로 이루어진 몸을 병들게 할 수는 없지 않은가.

근원적인 기운에 가까운 에테르의 변질, 그것만이 에테르 기반 생명체를 병들게 할 수 있는데, 그런 일은 지금까지 없었다.

그래서 에테르 코어도 권속들의 병을 치료한다는 개념을 떠올리는데 적잖은 시간이 걸린 것이기도 했다.

[권속들과 연결되는 것에는 문제가 없다. 하지만 그것을 통해 권속에게 명령을 내려도 저항을 한다. 예전처럼 곧이곧대로 받아들이진 않는다.]

에테르 코어는 결국 권속들에게 작용한 그 무엇이 어디에 붙어 있는지 파악해 냈다.

그리고 병든 권속에게서 그 부분만 뽑아낸 후, 행성 코어의 3할을 차지한 상태로 칩거에 들어간 것이다.

그것이 에테르 코어가 행성 코어의 3할을 점유하고 숨어버린 사건의 전모였다.

에테르 코어는 자신의 소멸에는 더 이상 연연하지 않고 어떻게든 백신을 만들어서 권속들의 이탈을 방지하는 방법을 찾기 위해 노력했다.

그리고 그렇게 만들어진 백신으로 판게아에서 자신을 배신한 권속들을 원래대로 되돌리는 것도 중요하지만, 그보다 중요한 것이 있었다.

이미 자신의 권속을 감염시키는 방법이 널리 알려진 상황이라면, 이후 지구 밖에서도 그와 같은 일들이 벌어질 확률이 높았다.

그러니 백신은 당연히 지구 밖에 있는 일족들에게 전달이 되어야 했다.

[그것까지만 할 수 있으면 된다.]

에테르 코어는 그렇게 각오를 다지고 백신 개발에 박차를 가했다.

휴먼인자.

세현이 이름 붙인 그것은 세현에게도 깊은 고찰의 대상이었다.

세현은 그 휴먼인자라는 것이 영혼의 일부에서 나온 것이라

확신하고 있었다.

본래의 육체가 완전히 사라지고 에테르로 이루어진 몸을 지니게 된 미도리가 원래 에테르 기반 생명체들은 가지고 있지 않은 것을 가지고 있었다.

그것도 세현이 생각하기에 에테르 기반 생명체가 아닌 인간, 혹은 이종족들만이 가지고 있는 특성을 고스란히 가지고 있었다.

그럼 그것이 어디에서 왔을까?

결국 육체가 아닌 다른 어딘가에 있었다면, 그 다른 어딘가는 영혼일 수밖에 없다는 것이 세현의 생각이었다.

몸에 있으면서 몸을 거느리고 정신을 다스리는 비물질적인 그것을 영혼 또는 혼백, 넋이라고 한다.

"하지만 공간을 차지하지 않고, 질량이 없으니 물질이라 할 수 없다고 하지만, 영혼의 무게를 따지는 등 영혼에 관련된 실험은 수도 없이 행해졌다."

세현이 그러한 비공식적인 실험의 결과를 모두 믿는 것은 아니었다. 하지만 지금은 에너지도 물질로 취급해서 연구하는 이들이 늘어나고 있는 상황이다.

에테르나 기(氣) 혹은 이곳 판게아에 존재하는 행성 코어의 에너지라고 해서 물질적인 연구 과정을 거쳐서 실체를 규명하지 못할 것이 뭐가 있을까.

공간을 차지하고 질량을 가지기 않았다고 하지만 그게 정확히 옳은 것인지는 모를 일이다.

이미 공간이란 개념은 이면공간이 등장하고, 테멜이 나타나고, 크라딧의 실험으로 이질적인 공간이 만들어지면서 과거와 많이 달라졌다.

'영혼을 구성하는 것이 무엇인지 밝혀낼 수 있다면? 아니, 이미 단서가 생겼다. 지금 에테르 기반 생명체를 감염시키고 있는 그것은 분명히 영혼에서 나온 것이다. 그렇게 생각하면 영혼의 구성 요소는 에테르와 반응을 일으킨다고 봐야 한다. 비록 미약하지만 반응이 있다면, 그 실체를 찾는 것이 불가능하지는 않을 것이다.'

세현은 초인의 감각을 이용해서 몇 번이나 이 추측을 확인하기 위해서 노력했다.

하지만 그 시도는 아직까지 성공하지 못하고 있었다.

'마치 저급한 현미경으로 원자나 분자를 보겠다고 하는 것처럼 느껴지는군.'

세현이 영혼을 확인하려 애쓰면서 느끼는 것은 바로 그런 것이었다. 자신이 초인으로서 가지고 있는 능력으로도 한없이 부족하다는 것.

'그래도 포기할 수는 없지.'

세현은 계속해서 휴먼인자라는 것을 확인하며 영혼의 모습을 찾는 것에 집중했다.

세현은 그것이 바로 자신의 경지를 더 높은 곳으로 끌어 올리는 효과적인 수련이 된다는 것을 알고 있었다.

초인의 감각이 예민해질수록 다룰 수 있는 기운의 양이 늘어나고, 또 범위도 확장되며, 구속력도 강해진다.

그것은 곧 초인인 세현의 성장을 의미하는 것이었다.

세현의 수련은 결과적으로 능력을 키우는 데에는 큰 효과가 있었다.

하지만 영혼의 실체나 그 구성요소에 다가가는 것은 요원한 일로 보였다.

그러나 에테르 코어는 달랐다.

지구의 행성 코어의 3할을 차지하고 외부로부터의 침입과 간섭을 차단하는데 필요한 능력 이외의 모든 힘을 기울여서 감염을 파고들었다.

그리고 결국 에테르 코어는 권속을 감염시키는 휴먼인자를 찾아냈고, 그 휴먼인자가 어디에서 나온 것인지를 알아냈다.

세현은 찾지 못한 영혼의 모습을 찾아낸 것이다.

[이것이······.]

에테르 코어가 그것을 확인하는 순간, 에테르 코어는 자신의 내부에서 뭔가가 그것과 공명하는 것을 알았다.

지금까지 몰랐던 영혼의 실체를 확인하는 순간, 에테르 코어의 내부에도 그것과 유사한 것이 있음을 알게 되었던 것이다.

[아아! 나는 완전하지 않구나.]

에테르 코어는 그것을 깨달았다.

그리고 그와 동시에 자신 역시 자신의 권속과 비슷한 존재임을 알게 되었다.

자신 역시 모체인 에테르 코어에서 태어난 존재였던 것이다.

거기다가 자신은 에테르 기반 생명체가 아닌 다른 생명들과 달랐다.

그것들은 완벽한데 자신은 완벽하지 못했던 것이다.

행성 코어를 노려서 거의 잠식할 정도까지 갔던 위대한 자신이 지구상의 수많은 생명들 중에 영혼을 지닌 것들과 비교하면 그 어느 것보다 못한 존재였다.

자신의 '영혼'은 완전하지 않았다.

[미완성이구나.]

에테르 코어가 깊은 절망감을 느끼고 떨었다.

가이아도 느낄 정도로 그 절망감은 깊고 깊었다.

Chapter 2

정리가 되는 것 같은데, 남은 것이 문제네

더 이상 몬스터들이 생성되지 않는 날이 이어졌다.

가이아의 권속들은 판게아에서 몬스터들을 몰아내기 위해서 부지런히 토벌을 벌였다.

하지만 언제부턴가 몬스터들 중에서 특이한 모습을 보이는 것들이 나타났다.

판게아의 주민들을 공격하는 것이 아니라 도리어 도망을 치는 몬스터들.

거기다가 그런 몬스터들은 기이하게도 시간이 지날수록 판게아의 기운에 적응을 하고 있었다.

크라딧들이 판게아에 도착한 후로 조금씩 판게아의 기운을 받아들인 것과 같은 현상을 몬스터들이 보이기 시작한 것이다.

신기한 일이다.

하지만 가이아의 권속들은 어떻게든 그런 몬스터까지 잡아서 죽이려고 애를 썼다.

어차피 에테르 기반 생명체들은 판게아에 살고 있는 가이아의 권속들에겐 아무 가치가 없는 위험 인자일 뿐이다.

동물의 모습을 하고 있지만 잡아서 먹을 수도 없고, 몸뚱이의 일부를 사용할 수도 없었다.

죽으면 모두가 에테르로 변해서 사라지는 놈들이 아닌가.

하지만 그런 인식도 어느 순간부터 죽어서도 사체를 남기는 몬스터들을 보면서 조금씩 바뀌기 시작했다.

죽은 몬스터의 사체가 남아 있으면 쓸 곳이 많았다.

질긴 가죽, 단단한 뼈나 뿔은 쓸모가 많았다.

게다가 어느 순간부터 판게아의 주인인 가이아로부터 몬스터를 토벌하라는 의지가 전해지지 않았다.

도리어 이제 판게아의 모든 것이 가이아에게 귀속이 되었으며 전쟁이 끝났다는 의지가 전해지고 있었다.

그것을 느낀 판게아의 이종족들은 까마득하게 잊고 있었던 평화를 떠올리며 환호성을 질렀고, 곳곳에서 축제를 벌였다.

"허허허. 보기 좋습니다."

메콰스가 세현을 보며 말했다.

세현은 폴리몬을 통해서 에테르 기반 생명체에 대한 색다른 공략법을 마련한 후에, 서쪽 끝까지 가서 미국에서 판게아로 들어온 크라딧들을 찾았다.

그곳에서 발견한 크라딧의 수는 많지 않았다.

듣기로는 7천가량이 들어왔다는데, 남은 인원은 2천도 되지 않았다.

더구나 그들은 판게아의 서쪽 끝에 정착해서 농사를 지으며 살고 있었다.

미국 쪽에서 들어온 크라딧들은 에테르 코어의 지배를 벗어난 이들이 주도권을 지니고 차례로 들어오는 크라딧들을 관리했다고 한다.

덕분에 미국에서 들어왔던 크라딧들은 판게아의 이종족과 분쟁이 없었다고 했다.

운이 좋게도 그들이 도착했던 곳은 몬스터들이 많은 지역으로 판게아 원주민이 없었다.

그러니 원주민과 갈등을 일으킬 일도 없고, 판게아 주민들이 거기까지 공격을 오지도 않았다.

더구나 몬스터들은 같은 에테르 기반 생명체를 공격하지 않으니 그것을 걱정할 이유도 없었다.

다만 세현은 그들이 무슨 이유로 농사를 짓고 있었는지 그것이 궁금하기는 했다.

에테르 기반 생명체가 된 그들이 농사를 지어서 어디에 쓴다는 말인가.

에테르 기반 생명체는 음식을 먹지 않는다. 더구나 그들이 키우는 작물들은 탄소 기반의 것들이니 그들에겐 전혀 쓸모가 없었다.

그래서 물어본 것인데, 그들은 무엇이건 소일거리가 있어야 할 것 같아서 농사를 시작했다고 답했다.

꼭 먹기 위해서 농사를 짓는 것이 아니라, 무언가 할 일을 가지기 위한 것이란 뜻이었다.

에테르 생체구조를 지니고 있지만 그럼에도 인간의 본성을 되찾은 크라딧들로선 아무것도 하는 일이 없이 무료한 시간을 보내는 것은 참기 어려웠던 것이다.

그래서 시작한 것이 농사를 기반으로 하는 작은 집단 사회의 구성이었던 것이다.

조금 전에 메콰스가 보기 좋다고 말한 것은 미국, 중국, 일본에서 판게아로 들어왔던 모든 크라딧이 한곳에 모여서 떠드는 장면을 두고 한 말이었다.

세현과 함께 이동해서 결국 하나로 뭉치게 된 크라딧들도 판게아의 다른 종족들처럼 축제를 벌이는 중이었다.

물론 그 축제의 이유는 판게아의 주민들과는 전혀 달랐다.

그들은 판게안에 들어온 모든 크라딧이 하나로 뭉쳤다는 것을 기뻐하고, 그들을 지배하려던 에테르 코어의 의지가 완전히 사라진 것을 축하하고 있었다.

거기다가 크라딧들은 암묵적으로 이곳 판게아에서 거주하는 것을 가이아로부터 허락을 받았다.

물론 가이아가 직접 나서서 그것을 천명한 것은 아니지만, 크라딧에 대해서 판게아의 주민들이 우호적인 태도를 보이는 것만으로도 충분히 알 수 있는 일이었다.

이곳 판게아는 다른 어느 곳보다 행성 코어의 의지가 명확하게 전해지는 곳이니, 가이아가 원했다면 크라딧은 이미 오래전에 전멸을 했을 것이다.

그런데 그런 기미는 전혀 없는 것으로 봐서 가이아가 크라딧을 받아들여주기로 마음을 먹은 것이 분명했다.

"저들은 이곳에서 심부름꾼을 하겠다고 하더군요."

세현이 말했다.

"심부름꾼이란 말입니까?"

메콰스가 그게 무슨 소리냐는 표정으로 세현을 쳐다봤다.

"먹고 마시는 것은 무척 중요하지요. 우리 탄소 기반 생명체들은 그 생명을 유지하기 위해서 그런 행위를 해야 하지 않습니까. 그건 어쩔 수 없는 일이지요."

세현이 화제를 살짝 벗어난 이야기를 했다.

하지만 메콰스는 지금 세현의 이야기가 자신이 말했던 심부름꾼에 대한 이해를 돕기 위한 말일 거라고 짐작했다.

"그렇지요. 많이 먹든 적게 먹든 뭐든 먹긴 해야지요."

메콰스가 대답했다.

"그에 비해서 에테르 기반 생명체들은 그런 것이 필요가 없지요. 주위에 에테르가 존재하기만 하면, 그것을 받아들여 생명을 유지할 수 있는 이들이 바로 그들입니다. 그리고 저기 있는 크라딧들도 신체적으로는 에테르 기반 생명체이고 말입니다."

"으음… 그야 그런데 그게 어쨌다는 겁니까?"

메콰스는 여전히 이해가 되지 않는 표정이었다.

늙어서 거친 질감이 그대로 드러나는 포레스타의 노인 메콰스는 그 피부처럼 세월의 지혜를 알고 있었지만 지금 세현의 말은 아직 짐작하지 못하고 있었다.

"크라딧들이 먹고살 걱정이 없다는 말을 하는 겁니다."

"허허허. 먹고살 걱정이 없다… 그렇군요. 아무것도 하지 않고 그저 숨만 쉬고 있어도 수명이 다할 때까지 살 수 있긴 하겠군요."

메콰스는 이제야 조금은 세현이 하려는 말의 실마리를 잡은 듯이 눈빛을 빛냈다.

"네, 그러니 굳이 무엇을 할 이유가 없습니다. 솔직히 탄소 기반 생명체의 대부분이 치열한 생존 경쟁을 할 수밖에 없는데, 그게 전부 뭔가를 먹어야 하기 때문입니다. 그것도 그냥 얻을 수 있는 것이 아니지요. 꽤나 수고를 겪어야 얻을 수 있는 것입니다. 만약에 탄소 기반 생명체들이 살아남기 위해서 뭔가를 먹어야 하고, 그 먹이를 얻기 위해서 고단한 수고를 해야 하는 운명이 아니었다면 많은 것이 달라졌을 것입니다."

"허허허. 맞습니다. 사실 그런 쪽으로 가장 가까운 이들이 바로 우리 포레스타 종족이라 할 수 있지요. 땅에 뿌리를 박고 하늘에서 뿌려지는 햇빛을 받기만 해도 살 수 있는 우리들이니 말입니다."

"그럼에도 경쟁은 있게 마련이지요. 식물들이라고 해서 생존 경쟁이 없는 것은 아니니까요."

"맞습니다. 세현 님 말씀대로지요."

"그런데 크라딧은 사실상 그런 것이 필요가 없는 상황이 아닙니까. 그들은 생존을 위해서 경쟁할 이유가 거의 없습니다. 에테르가 존재하는 한."

"그렇군요. 다시 생각해 봐도 그건 부럽습니다."

"하지만 여기서 문제가 크라딧들은 에테르 기반 생명체의 정신을 가지고 있지 않다는 거지요. 그들의 본성은 한없이 지구 인간의 그것과 같습니다."

"그래서 심부름꾼이 된다는 말입니까?"

"그렇지요. 이곳 판게아의 주민들에게 어떤 일을 부탁받으면 최선을 다해서 그것을 이루는 겁니다. 물론 그에 따른 대가를 받는 것이야 당연하겠지만요."

메콰스는 세현의 말을 듣고 생각에 잠겼다.

크라딧의 상황에 자신을 대입해 보는 것이다.

그리고 자신 역시 같은 상황이었으면 뭐가 되었건 일거리를 찾았을 거라는 생각이 들었다.

세현에게 서쪽 끝에서 크라딧을 발견했을 때, 그들이 무의미하게 보이는 농사를 짓고 있었다는 말만 되새겨 봐도 당연한 일이었다.

다만 이번에는 크라딧들이 의미 없는 짓이 아니라 뭔가 이곳 판게아에 도움이 될 수 있는 방향으로 머리를 모은 것이 분명해 보였다.

크라딧들이 판게아의 여러 종족에게 도움을 준다면 이후로 이곳 판게아에 크라딧들이 적응해 살아가는 데에도 유리할 것이다.

"좋군요."

메콰스는 그 모든 것을 이해하고 밝은 표정으로 말했다.

"이제 남은 것은 저들인데, 저들 역시 크라딧과 함께할 것 같군요."

세현이 크라딧 중에서도 미도리 곁에 꼭 붙어 서 있는 폴리몬 넷을 바라보며 말했다.

"사실상 따지고 보면 저들 역시 크라딧과 별반 다르지 않은 이들이 아닙니까? 도리어 에테르 코어에 대한 저항력을 치자면 크라딧보다 훨씬 강하다고 하지 않으셨습니까?"

메콰스는 세현이 크라딧과 폴리몬을 구별하는 것을 두고 그렇게 말했다.

사실상 지금 상태의 크라딧과 폴리몬은 구별하는 것이 별 의미가 없었다.

몸은 모두가 에테르 생체구조로 같은 상태고, 에테르 코어의 지배에서 벗어나 독립적인 개체로 섰다는 것도 같았다.

다만 폴리몬 쪽의 정신적인 성장이 조금 더딘 것이 문제라면 문제였다.

'데리고 나가는 것도 생각을 해봐야 할까?'

[음음. 지금은 데리고 가야 한다고 생각해. 세현이 그걸 성공하지 못하면 어쩔 수 없어.]

세현의 고민에 '팥쥐'가 대답을 했다.

'역시 그렇겠지?'

세현의 시선이 다시 고아스에게로 향했다.

오른쪽 팔과 손이 기형적으로 발달한 고아스는 이번에 세현과 다시 합류한 후에 최초로 실험 대상이 되었던 크라딧이었다.

실험의 내용은 미도리에게서 폴리몬에게 전해져서 강력해진 휴먼인자를 다시 크라딧에게 적용시키는 것이었다.

쉽게 말하면 지금의 폴리몬들이 가지고 있는 에테르 코어에 대한 강력한 저항력을 크라딧에게 심을 수 있는가 하는 실험인 셈이었다.

'실험은 성공적이지만, 그 휴먼인자를 내가 모델 없이 만드는 것이 불가능하다는 것이 문제지. 아니, 정확하게는 시료가 없이 못 만든다고 해야 하나?'

[음음. 폴리몬을 보고 복제를 하는 거지만 폴리몬이 곁에 없으면 못 만들어. 너무 멀리 떨어지면 안 되는 것을 보면 확실히 뭔가 있어. 음음음. 영향을 주고받는 거야.]

'팥쥐'도 몇 번이나 실험을 했었다.

그 완벽한 기억력으로 휴먼인자를 완벽하게 구성했다.

그런데 그렇게 만들어진 휴먼인자는 제 역할을 하지 못했다.

그때, 그것을 자극해서 활성화시킨 것은 가까이로 다가온 한 폴리몬이었다.

정확하게는 그 폴리몬이 가지고 있는 휴먼인자였다.

그래서 지구로 되돌아갈 때 폴리몬 넷 중에 하나는 데리고 가야 하지 않을까 고민을 하고 있는 세현이었다.

지금 당장에 휴먼인자가 포함된 에테르 구조를 만들어도 활성화가 되지 않으니 폴리몬이 필요한 것이다.

세현은 그것이 미도리에게서 폴리몬으로 넘어가 변형된 영혼의 파편이 일으키는 현상일 것이라 생각하고 있었다.

다만 그것도 어떤 차이가 있는지 폴리몬이 아닌 일반 몬스터들로는 활성화 현상이 일어나지 않아서 선택의 폭이 폴리몬으로 줄어든 상태라 고민이 깊었다.

'그것만 되면, 에테르 기반 생명체들을 막는데 굉장한 위력을 보일 텐데, 거기다가 크라딧들 역시 구할 수 있겠지. 적어도 지금처럼 자신의 의지가 묶인 상태로 도구처럼 쓰이는 일은 막을 수 있을 테니.'

크라딧에 대해서 좋은 감정은 없지만 그들 모두가 에테르 코어의 도구처럼 쓰이는 것도 마음에 들지 않은 상황이니 바꿀 수 있으면 바꾸고 싶은 세현이었다.

가이아, 지구의 행성 코어를 만나다

[이걸 어떻게 받아들여야 할지 참으로 고약하게 되었네…….]

가이아는 실체가 있었다면 깊은 한숨을 쉬었을 것 같은 기분이 들었다.

조금 전에 가이아의 일부를 차지하고 있던 에테르 코어가 침묵을 깨고 나왔다.

그것은 가이아가 전혀 예상치 못한 순간에 벌어진 일이었다.

에테르 코어는 자신이 차지하고 있던 코어의 모든 힘을 한 번에 폭발시켰다.

물론 그렇게 한다고 해서 에테르 코어가 다시 가이아와 힘의 균형을 찾을 가능성은 전혀 없었다.

에테르 코어가 그렇게 사용한 힘은 다시 사용할 수 있는 것이 아니었고, 에테르 코어를 포위하며 대기하고 있던 가이아의 준비도 단단했다.

하지만 가이아도 에테르 코어가 그렇게 힘을 분출시켜서 틈을 만들 거란 예상은 하지 못했다.

스스로 봉인까지 하면서 안으로 숨었던 에테르 코어가 자폭에 가까운 짓을 할 거라고 어떻게 예상할 수 있었을까.

[그래서 밖으로 보낸 것이 네가 만든 백신이라고?]

가이아가 물었다.

[그래. 내 권속들이 그렇게 변하는 것을 보고 그것만은 막아야겠다고 생각했다.]

[백신을 보냈으니 이제 이곳에서 벌어진 일이 밖에서 다시 벌어지는 일은 없겠구나.]

가이아는 그렇게 말을 하면서도 별반 아쉬움을 드러내지 않았다.

가이아는 지구 밖에서 일어나는 문제에 대해선 별로 관여할 생각이 없었다.

이제 자신이 힘을 되찾은 이상, 지구에 생긴 문제들은 어떻게든 수습을 할 수 있을 것이다.

그러니 그 밖, 가이아의 영역 외에서 벌어지는 일이야 신경 쓸 일이 아니었다.

[백신은 완성되지 못했다. 내가 할 수 있는 최선을 다했지만 마지막 한 가지는 구할 수가 없었지.]

에테르 코어가 기세가 꺾인 대꾸를 했다.

[그래, 의외로군. 그런데 이런 선택을 했다니. 그것은 혹시 네가 이리 변할 것을 알았기 때문인가?]

[그게 컸겠지. 더구나 백신을 만드는데 꼭 필요한 마지막 재료는 여기서 구할 수가 없는 것이니, 일단 동족들에게 상황을 전파하는 것이 중요하다 여겼고.]

[내가 실수를 했던 거지. 네가 스스로 소멸을 택하면서 외부로 정보를 전하려 할 거라곤 생각지 못했으니까. 어차피 소멸을 당하더라고 끈질기게 버틸 거라 여겼다. 그렇다면 나도 너를 지우는데 아득한 시간이 걸렸을 테니까. 또 그러다 보면 네가 말하는 동족이 다시 나를 찾을지도 모를 일이고.]

[그럴 일은 없다. 이미 내가 실패를 했으면 빈틈이 없을 거란 사실을 알고 있을 테니까. 뭔가 획기적인 방법을 찾지 않는 이상은…….]

[새로운 방법을 찾으면 이야기가 달라지지. 나는 네가 그걸 기다리며 버틸 줄 알았는데 아니었어. 설마하니 백신을 만들고

있을 거라곤 예상치 못했지. 확실히 내 실수다.]

[이제 어떻게 할 거지? 나를 소멸시킬 건가?]

에테르 코어가 가이아에게 물었다.

[아니, 당분간 너는 내 말동무를 해라. 얼마 전에 만난 아이들이 재미있어 보이더구나. 너는 콩쥐가 되어주면 되겠다.]

[무슨 말인지 모르겠지만 일단 살려준다는 말이군. 고맙다.]

[그렇지? 그러니까 말을 잘 들어! 안 들으면 혼나!!!]

[기분이 이상하다. 그런 식의 의지라니, 좋은 것 같지 않다.]

에테르 코어는 가이아의 의지를 받으면서 애처롭게 떨었지만 자신이 떨고 있다는 것도 몰랐다.

에테르 코어는 백신을 만드는 중에 자신에게 이상이 생겼다는 사실을 깨달았다.

자신이 완성되지 않은 영혼을 지니고 있음을 알게 된 순간, 그때까지 자신이 연구하던 영혼의 파편이 영향을 미치기 시작했다.

그 순간, 에테르 코어는 자신이 자신의 권속들처럼 자유 의지를 지니고 상위 코어의 지배를 벗어나려 한다는 것을 깨달았다.

그리고 자신이 감염되었음을 인정하고 급하게 해야 할 일을 했다.

동족들에게 상황을 알리고, 지금까지 만들어진 백신의 정보를 전달하는 것.

에테르 코어는 그것까지 성공하고 소멸을 기다렸다.

하지만 가이아는 이미 에테르 코어에게 반격의 여지가 없음을 알고 대화를 시작했고, 그 결과 에테르 코어는 콩쥐 역할을 하게 되었다.

물론 에테르 코어는 콩쥐란 것이 어떤 것인지 아직 몰랐다.

                    *   *   *

세현은 판게아가 안정되었으니 이제 지구로 돌아가야 할 때가 되었다고 생각했다.

하지만 판게아에서 지구로 나가는 길은 세현도 찾지 못했다.

그도 그럴 것이 판게아를 만들 때 가이아와 에테르 코어는 들어오는 것보다 나가는 것을 막는데 초점을 두었다.

그러니 세현이 밖으로 나가는 길을 찾는 것이 쉽지 않을 수밖에.

더구나 판게아에선 '팥쥐'와 콩쥐를 이용한 공간 이동조차 막혀 있었다. 그만큼 외부와의 단절에 신경을 써서 만든 공간이라는 의미였다.

지유에선의 테멜 안에서도 이동이 가능했던 것을 생각하면 판게아가 얼마나 강력한 방어벽을 지니고 있는지 알 수 있는 일이다.

그 때문에 세현의 고민이 깊어가고 있을 때, 드디어 소식이 왔다.

사실 세현도 어느 정도는 기대하고 있던 일이었다.

지구의 행성 코어이며 이 판게아의 주인인 가이아로부터의 호출.

세현은 잠깐 잠이 든 사이에 자신이 엉뚱한 곳에 와 있을 때부터 짐작했다.

가이아가 한 일이란 것을.

세현은 가이아가 만들어 놓은 길을 따라서 천천히 걸었다.

'신들의 정원이 이런 모습이었을까?'

세현은 갖가지 나무와 풀에 꽃이 가득 피어 있는 모습에 그런 생각을 했다.

"어떤가요? 보기에 좋은가요?"

그때, 걸음을 옮기는 세현 곁에서 여자의 목소리가 들렸다.

세현은 걸음을 멈추고 슬쩍 옆을 쳐다봤다.

"어떤가요? 보기에 좋은가요?"

다시 여자가 물었다.

세현은 싱긋 웃었다.

"이곳의 모습도, 당신의 모습도 모두 보기 좋습니다."

"그거 다행이네요. 그런데 어떻게 불러줄까요?"

"그냥 편하실 대로 하십시오. 따지고 보면 지구에서 태어난 모든 것이 당신의 품에서 난 것이 아니겠습니까."

"그래요. 그렇긴 하죠."

세현의 말에 여자가 미소를 지으며 말했다.

세현은 세상 어떤 여자보다 아름다울 것 같은 그녀를 보면서도 어떤 욕망도 일어나지 않는다는 사실에 놀라고 있었다.

'격이 다르다는 것을 아는 것이겠지.'

세현은 그렇게 생각했다.

자신과 격이 다른 존재에게 사적인 욕망 따위가 일어나는 것이 이상할 일이라고.

"꼭 그런 것만은 아니에요. 세현이 자격이 있기 때문에 그런 거죠. 아니라면 이성을 잃고 본능에 따라서 움직였을 거예요. 내가 직접 모습을 드러내지 않은 것은 그런 이유도 있어요. 여기에 세현의 일행들이 함께 있지 않은 이유도 그렇죠. 나를 보며 견디는 것은 쉽지 않아요. 그게 어떤 형태로 나타나든 정신적인 충격을 크게 받게 될 거예요. 일반인들은 말이죠."

세현은 가이아의 말에 고개를 끄덕였다.

가이아가 그렇다고 하면 그런 것이리라.

"고맙다는 인사를 해야겠지요? 나를 구했어요."

"당연한 일입니다. 당신께서는 지구, 그 자체이시니까요."

세현이 차분한 음성으로 대답했다.

"그래요. 덕분에 지구가 구함을 받은 거지요. 하지만 그렇다고 내가 세현에게 뭔가를 해주기도 어려워요. 이해했으면 좋겠어요."

"……."

세현은 가이아를 가만히 바라봤다.

"줄 것이 없어요. 이미 세현도 높은 곳에 이르러 있는데, 거기에 내가 뭔가 보탤 수는 없어요. 그곳에서부터는 스스로 깨우쳐야 해요. 내가 도움을 주면 도리어 세현에게 해가 될 수도 있어요. 그렇다고 세현에게 다른 물질적인 뭔가를 주는 것은 의미가 없고요."

"괜찮습니다. 그저 바라는 것이 있다면 판게아에서 밖으로 나가는 것입니다. 지금의 저로서는 그게 쉽지 않더군요."

"당연히 그리 해줘야지요. 하지만 이렇게 불러서 기껏 고맙다는 인사만 하는 것을 탓하지는 말았으면 해요."

가이아는 정말로 미안한 표정과 목소리로 말하고 있었다.

세현은 굳이 가이아가 그렇게 표현하지 않아도 그것이 진심임을 의심하지 않았다.

지구라는 행성 그 자체라고 할 수 있는 가이아가 세현에게 뭔가를 꾸밀 이유는 없을 테니까.

"이미 많은 선물을 받았습니다. 에테르 기반 생명체들을 상대할 좋은 무기도 얻었고, 이 녀석들의 성장에도 도움을 주셨습니다."

세현이 왼쪽 손목의 천공기를 들어 보였다.

"그래요. 다행이네요. 섭섭해하지 않아서."

가이아는 그렇게 말을 하며 웃었다.

세현은 질끈 눈을 감았다.

가이아의 웃음은 초인의 견고한 정신까지 아찔하게 만드는 힘이 있었다.

세현은 일반인들이 가이아를 보게 되면 좋지 않을 거라는 말의 의미를 확실히 깨달을 수 있었다.

"다시 한 번 고마워요. 그리고 건승을 빌어요. 그리고 에테르 코어들에게 이곳에서 벌어진 일이 알려졌어요. 에테르 코어가 마지막 힘을 다해서 이곳 소식을 알리면서 미완성 백신을 보냈다고 하더군요."

눈을 감고 있는 세현의 귀에 가이아의 목소리가 들렸고, 세현이 눈을 떴을 때는 가이아와 정원이 모두 사라지고 없었다.

잠깐 눈을 붙였던 간이침대에서 깨어난 세현은 그대로 가부좌를 틀고 앉아서 호흡을 조절하며 명상에 들었다.

* * *

"어서 와라. 뭐냐? 너는 전혀 안 변했네?"

세현이 팀 미래로를 이끌고 판게아 밖으로 나갔을 때, 그들을 맞이한 것은 고재한이었다.

세현이 판게아로 들어갔던 그곳은 새로운 건물을 세우고 홀을 만들어 보호하고 있었다.

그곳에 세현 일행이 나타나고 십 분도 지나기 전에 고재한이 날아왔던 것이다.

"너… 좀 늙은 것 같네? 몇 년이나 지난 거냐?"

세현이 재한에게 물었다.

재한의 외모가 많이 변한 것을 보면 짧지 않은 시간이 흐른 것이 분명했다.

"7년이다! 네가 저 빌어먹을 공간으로 들어간 것이 자그마치 7년 전이란 말이다!"

세현의 물음에 재한이 버럭 소리를 질렀다.

세현은 그 고함 소리에 담겨 있는 재한의 격정을 읽어 낼 수 있었다.

아마도 저 늙어버린 얼굴은 그동안 세현과 팀 미래로를 걱정하며 생긴 흔적들일 것이다.

"그 7년으로 지구를 구했으면 남는 장사 아니냐? 지구의 행성 코어는 완전히 회복되었다."

세현이 그런 재한에게 빙긋 웃으면서 말했다.

"그래, 그럴 줄 알았다. 네가 들어간 후로 조금씩 상황이 호전되기 시작할 때, 알아봤지. 무슨 일이 벌어지고 있는지는 몰라도 네가 뭔가 하고 있다고 믿었다."

고재한이 다시 한 번 세현의 손을 잡으며 말했다.

"이럴 것이 아니라 가자. 가서 이야기하자. 여기서 이럴 때가 아니지. 자자, 가자."

손을 잡고 흔들던 고재한이 결국 세현의 손을 잡은 상태로 홀 밖으로 끌고 가기 시작했다.

세현 뒤로 팀 미래로의 대원들과 올토아낙이 남았다.

"허허허, 갑시다."

관심 밖으로 밀려난 팀 미래로와 올토아낙을 메콰스가 추슬러서 홀 밖으로 나서기 시작했다.

메콰스는 특히 올토아낙을 신경 써서 손목을 잡고 이끌었다.

올토아낙은 세현이 데리고 나온 폴리몬 초인이었다.

미도리와 떨어진 올토아낙은 이제 메콰스에게 크게 의지하는 상황이었다.

올토아낙이 떨리는 눈빛으로 메콰스의 팔에 매달려서 홀을 벗어났다.

팀 미래로의 대원들은 그들이 판게아에 보낸 7년의 시간동안 지구도 많은 변화가 있었다는 사실을 건물 밖의 모습에서 알 수 있었다.

건물 밖, 서울의 하늘은 맑고 푸르고, 건물들은 깔끔했다.

"이리로 오십시오. 기다리고 있었습니다."

미래 길드의 간부로 보이는 이가 세현 일행을 날렵하게 생긴 버스로 안내했다.

크기가 커서 백여 명은 넉넉하게 탈 수 있을 것 같았다.

나란히 나 있는 창문과 아래쪽에 있는 바퀴가 아니었다면 버스란 생각도 못했을 디자인을 지닌 차였다.

팀 미래로 대원들은 서울 구경 온 촌놈 꼴로 버스에 올랐다.

행성 코어가 되돌아 온 지구

7년의 시간.

세현은 길어야 3년 정도를 예상하고 있었기에 막상 7년이라는 시간은 무척이나 길게 느껴졌다.

거기다가 세현이 판게아에 머무는 7년 동안에 지구에는 굉장히 많은 변화가 있었다.

그것도 최근 2, 3년 사이에 꽤나 큰 변화들이 집중되어 있었다.

이전에 지구에서 가장 문제가 되는 것은 몬스터들이 이면공간에서 뛰쳐나오는 것이었다.

사실상 에테르 기반 생명체가 지구에서 직접 태어나는 것은 아니었다.

물론 지구상에 에테르가 늘어나면서 에테르 때문에 돌연변이 현상을 일으키는 생명체가 없는 것은 아니지만 그것들의 수는 무시할 수 있을 정도로 적었다.

인류에게 위협이 되는 에테르 기반 생명체는 모두가 이면공간에서 뛰쳐나온 것들이었다.

그런데 최근 몇 년 사이에 이면공간에서 나오는 몬스터의 수가 줄어들었다.

나타나는 수는 줄어드는데 지구의 헌터들과 천공기사들의 몬스터 토벌은 지속적으로 이어지니 결과적으로 몬스터들의 영역이 줄어들 수밖에 없었다.

성과가 보이면 그 일을 하는 이들도 흥이 나게 마련이다.

몬스터들의 영역이 축소되기 시작하자, 전 인류가 나서서 몬스터 박멸을 외쳤다.

그리고 그 결과 대부분의 몬스터 영역이 다시 인간들의 품으로 돌아왔다.

아직까지 남아 있는 몬스터 영역은 애초에 인간들이 거의 살지 않았던 불모지밖에 없었다.

인류는 몬스터의 박멸을 외치다가도 막상 그것이 눈앞에 닥치자 주춤거리며 결단을 미뤄두고 있었다.

몬스터가 없고, 에테르 주얼이 없고, 에테르 코어가 없는 세상을 지금의 사람들은 상상하기 어려웠다.

과거 몬스터가 없던 세상을 기억하는 이들도 지금을 버리고 그 시대로 돌아가는 것에 대해선 고개를 저었다.

천공기사 진강현 이후로 사람들은 말했었다.

인류의 역사는 천공기사가 등장하기 전과 그 후로 구별해야 한다.

그만큼 이면공간과 함께 등장한 에테르와 몬스터, 에테르 주얼이 인류의 삶에 미친 영향은 컸다.

지금 당장 그 모든 것을 버리고 과거로 돌아갈 수는 없다는 것이 대다수 사람의 생각이었다. 그리고 그런 생각이 지구상의 몇 곳에 남은 몬스터 영역으로 나타난 것이다.

몬스터들이 여전히 남아 있으니 지금 인류가 누리는 혜택도 끝나지 않을 거라는 심리적인 안정감, 그 상징으로 몬스터 영역을 남겨 두었다고 할 수 있었다.

물론 몬스터들은 이면공간에서 사냥할 수 있고 그곳에서 원하는 것을 얻을 수 있지만, 사람들은 눈앞에 증거가 존재하기를 바랐다.

"결국 통일은 몬스터들 덕분에 쉽게 이루어졌다는 거네?"

세현이 재한을 보며 말했다.

아직도 통합 과정이 끝난 것은 아니지만 한반도 전체가 하나의 국가로 통일된 것은 분명했다.

몬스터 사태를 제대로 해결하지 못한 북쪽을 남쪽에서 흡수

합병하는 형식이었는데 주변 강국들도 남북의 통일을 방해하거나 끼어들 여유가 없었다.

더구나 대한민국은 이면공간의 등장과 몬스터 사태 속에서 다른 어느 나라들보다 빠르게 적응하고 대처한 나라였다.

지금, 대한민국은 무시할 수 없는 강국으로 위상이 올라 있었다.

물론 거기에는 태극 길드나 미래 길드의 힘이 강하게 작용했다. 인류의 위기 속에서 태극 길드와 미래 길드는 혁혁한 공을 세웠고, 그것이 곧 대한민국의 격과 위상을 높이는 결과를 가지고 왔다.

거기다가 천공기사나 헌터들의 전력만 따지더라도 대한민국을 무시할 수 있는 나라는 없었다.

"그 때문에 좀 시끄럽긴 하지만 어차피 그렇게 될 일이었지. 독재 정권이 제 기능을 하지 못하는 북한 정도야 뭐……."

고재한은 슬쩍 코웃음을 쳤다.

"다른 나라들도 몬스터 문제는 어느 정도 안전해진 상황이고."

"그렇지. 후진국의 몬스터들도 거의 토벌이 끝났으니까."

재한이 세현의 말을 받았다.

"서로가 원원이라고 해야 하나? 하지만 어려운 나라를 도와준다면서 그 자원을 빼돌리는 짓이잖아. 그거."

세현은 전력이 약한 나라의 몬스터를 토벌해 주는 일이 대해서 호평만 하지는 않았다.

사실상 몬스터가 귀중한 자원으로 취급이 되는 상황에서 몬스터 토벌을 구실로 다른 나라의 몬스터들을 취하는 것이 그리 좋게 보이진 않았던 것이다.

"그래도 사람들이 죽고 다치는 것보다는 낫겠지. 또 그 나라들도 조금씩 헌터들이 이면공간으로 진출을 하고 있고, 그러는 중에 천공기사들도 생겨나고 있으니까, 희망이 없진 않지."

재한이 세현의 좋지 않은 기분을 이해한다는 듯이 말을 조금 돌려서 긍정적인 면을 부각시켰다.

"그래. 그렇다고 치자. 그런데 그 사이에 크라딧들이 사고를 쳤다고?"

"사고는 뭐… 언젠가 그렇게 될 거라고 생각했잖아."

재한이 슬쩍 세현의 시선을 외면하며 난처한 기색을 보였다.

세현이 무엇을 말하는지 알고 있는 까닭이었다.

"이면공간 전송기와 비슷한 것을 만들었다면서?"

하지만 세현은 이 이야기를 그냥 넘길 수는 없었다.

크라딧들이 지구에 들어올 방법을 만들었다는 것은 무척 중요한 문제였다.

세현이 알고 있는 크라딧들은 에테르 코어의 지배를 받는 에테르 기반 생명체였다.

그런데 겉보기에는 사람과 구별이 되지 않는다.

그러니 인간들 사이에 숨어서 무슨 짓을 벌일지 알 수 없는 일이다.

"2년 정도 된 것 같다. 사실 그게 알려진 것도 몇 개월 되지 않았다."

재한이 어쩔 수 없다는 듯이 털어 놨다.

"결국 얼마나 많은 크라딧들이 이쪽으로 넘어와 있는지 알 수 없다는 말이군?"

"그건 그런데, 대신에 놈들의 소굴 몇 곳을 찾아내는 성과도 있었다."

세현의 압박이 심해지자 재한이 곧바로 점수를 만회하기 위한 수를 내 놓았다.

"크라딧의 소굴? 그 실험으로 사라졌던 공간을 말하는 거냐?"

세현도 처음 듣는 이야기라서 깜짝 놀라서 되물었다.

"그래, 그거다. 전에 그랬지? 크라딧들의 공간이 이면공간과는 다르다고. 그리고 네가 말했던 테멜과도 다르고 말이야."

"에테르 코어가 공간을 유지, 관리한다는 것을 빼면 확실히 다른 공간이 생겼을 거라고 했지."

세현이 기억을 더듬으며 말했다.

"그래, 그걸 찾았다. 놈들이 전송기를 사용하게 되면 지구와 그 공간이 연결되는 거잖아. 그래서 그 전송기를 찾아내는 과정에서 놈들의 소굴 몇 곳을 찾았지."

"그래?"

"미국에서 하나, 프랑스에서 하나, 일본에서 하나다."

"일본은 빠지는 곳이 없네?"

"그쪽도 힘들 거다. 일본의 헌터 수가 그리 많지 않아."

"응? 그건 또 무슨 소리야?"

세현이 물었다.

"이상하게 민족 차가 있는 모양이야. 헌터가 되는 데에."

"민족 차이?"

"아니면 핏줄 차이라고 할까? 에테르를 받아들여서 헌터가 될 수 있는 확률이 각 민족마다 다르다는 연구 결과가 있어. 그 중에서 일본은 좀 수가 적지."

"설마 우리 민족이 제일 확률이 높다는 소리는 아니지?"

"왜 아니겠냐?"

"그게 말이 되냐? 따지고 보면 일본에도 우리 피가 얼마나 많이 들어가 있냐? 삼국시대부터 일제 강점기까지 일본에 끌려간 우리 민족의 수가 얼마나 많은데?"

"그야 그런데, 묘하게도 결과적으로 일본의 헌터 각성 비율은 우리 절반 정도야. 다른 나라들에 비해서도 낮은 편이지."

"남의 불행에 잘되었다는 말은 못하겠고, 크라딧 이야기나 계속하자."

세현이 화제를 돌렸다.

사실 일본에 좋은 감정이 없는 세현으로선 당금의 상황이 나쁘지 않았지만 굳이 그런 문제를 떠들면서 기뻐할 이유는 없었다.

"그래, 그러자. 크라딧들이 열세 곳에서 실험을 했고, 그 결과 일정 지형이 완전히 사라진 것은 모두가 알고 있는 사실이다. 그리고 그렇게 사라진 공간이 이면공간의 기초가 되었을 거라는 것이 우리들의 짐작이었지. 물론 네가 조금 더 정확한 정보를 가지고 오면서 이면공간과 테멜, 거기에 크라딧의 공간들이 조금씩 다르다는 것을 알게 되었다."

재한은 거기까지 말을 하고는 잠시 말을 끊었다가 다시 시작했다.

"크라딧의 공간은 독립적인 공간이지만 이면공간으로 통하는 길은 쉽게 열 수 있다. 하지만 지구를 기반으로 하면서도 지구로 통로를 여는 것은 어렵지. 테멜은 그 테멜이 기반으로 하는 세상이면 어디든 쉽게 입구를 열 수 있는 것과는 다르다."

"그래서 크라딧 놈들이 지구로 들어오지 못하고 이면공간으로 먼저 퍼진 것이겠지. 그래서 놈들이 소굴을 찾았다는 그 이야기부터 해봐라."

이런저런 주변 설명보다는 직접적인 내용을 듣겠다는 세현의 말이었다.

"우리가 크라딧들이 사용하는 전송장치를 확보하고 그것들

연구한 끝에 전송장치에 있는 좌표를 뽑아낼 수가 있었다."

"좌표?"

"그래, 그런데 그 좌표 설정 방식이 우리가 사용하고 있는 이면공간 전송장치와 일치한다는 것이 밝혀졌다."

"그 말은 그 좌표만 있으면 우리 전송장치로 이동이 가능할 수 있다는 말이겠군."

"거기다가 마침 그 실험이 며칠 후에 있지."

"가는 날이 장날이냐? 마치 날 기다렸던 것 같은데?"

세현이 마치 짜 맞춘 듯이 진행되는 상황에 살짝 이맛살을 찌푸렸다.

하지만 곧 표정을 풀었다.

생각해 보면 크라딧을 정리하는 일은 반드시 필요한 일이었다.

마침 좋은 기회가 생겼다면 기뻐해야 할 일일 것이다.

더구나 판게아에서 크라딧에겐 극약 처방이 될 수 있는 비밀병기도 함께 나오지 않았던가.

모두를 죽일 필요 없이 에테르 코어의 지배에서 벗어나게 만들면 피의 무게에서도 자유로워 질 수 있을 것이다.

"미국, 프랑스, 일본이면 일본부터냐?"

세현이 재한을 보며 물었다.

세 곳의 소굴을 발견했다고 그 모두를 한꺼번에 치고 들어갈 수는 없을 것이다.

"솔직히 실험이 아니라 공격이라고 봐야지. 뭐가 되었건 우리 쪽에서 그쪽으로 넘어가는 것이 있으면 그쪽에서 모르진 않을 테니까."

"실험을 하는 것도 어렵다는 이야기네? 누군가 그쪽으로 갔다가 되돌아와서 확인을 해줘야 하는 문젠데 살아 돌아올 가능성이 별로 없다는 이야기잖아."

세현이 혀를 찼다.

"그래서 몇 번이나 확인을 해서 오차를 줄였다. 이론적으로 완벽하게 만든 다음에 모험을 하기로 한 거다."

"모험?"

"한꺼번에 일단의 병력을 투입해서 교두보를 확보한다는 계획이다. 이번에 만들어진 전송장치가 한 번 작동하고 반대로 작동하는데 30분 정도의 시간이 필요하니까, 크라딧의 소굴로 진입한 후에 30분을 버티면 복귀가 가능하다는 소리지. 거기다가 한 번에 운용하는 전송장치의 수가 셋이나 된다."

"세 개의 전송장치를 한곳에서 쓴다고? 그러면 간섭 현상이 있을 텐데?"

"그것도 해결했다. 따지고 보면 그냥 전송장치를 대형화하고 한 채널을 분할해서 쓰는 방식이라고 보면 된다는데, 나도 정확히는 모른다. 미래 길드의 학자들과 이종족들이 머리를 맞대고 만들어 낸 거라서."

재한도 이론적인 것까진 모른다고 머리를 흔들었다.

"그사이에 이면공간에서 이종족들과의 교류가 늘어난 모양이네? 시스템이 우리 지구 인류를 경원시하는 분위기였는데?"

크라딧들 때문에 이면공간 시스템이 지구 인류에게 호의적이지 않았던 과거가 있었기에 물어보는 세현이었다.

"조금씩 다시 뚫은 거지. 이종족들도 우리와 크라딧은 구별해서 대우를 하는 경우가 늘고 있어. 우리도 제법 쓸모가 많거든."

"그 우리가 지구 인류를 말하는 거냐? 지구의 천공기사와 헌터들?"

"그렇지. 따지고 보면 지금 우주 전체가 전쟁 중이잖냐. 에테르 기반 생명체와 인류 종족간의 생존 전쟁 말이다. 그런 중에 우리들 역시 같은 편인데 언제까지나 밀어낼 이유가 뭐가 있냐? 물론 우리 중에서 크라딧이 나오긴 했지만, 그야 남은 우리의 잘못은 아니지. 뭐 그런 식으로 인식 변화를 이끌어 낸 것이 성공이라고 할까?"

재한이 그 일에 제법 역할을 했던 모양인지 목에 힘을 주며 세현을 보았다.

의기양양한 기색이 역력하다.

"그 실험, 확실히 안전하긴 하냐?"

세현이 그런 재한을 무시하며 실험에 대해서 물었다.

"그야 당연하지. 지금 대기 상태로 있는 천공기사와 헌터만 몇 명인지 아냐? 잘못되면 정말 작살나는 거다. 길드나 정부나 할 것 없이 그 실험에 참가한 이들은 모두 끝장이지. 하지만 그럴 일은 없을 거라고 모두들 장담하고 있더라."

"그래? 그럼 일본 쪽엔 내가 가는 걸로 하자."

세현은 실험 자체의 안전이 어느 정도 보장된다는 소리에 자신 역시 크라딧의 소굴로 들어가겠다는 의사를 밝혔다.

"그래? 알았다. 그렇게 하지 뭐. 넌 역시 독립 작전이겠지? 누구 명령을 들을 놈이 아닐 테니까."

그런데 재한은 세현의 그런 말에도 전혀 놀라는 기색이 없이 되물었다.

이미 재한은 세현이 이 작전에 참가할 거라고 예상하고 있었던 것이다.

"놀라지도 않고, 걱정도 안 하냐?"

세현이 살짝 눈에 힘을 주며 재한을 봤다.

"너, 초인이잖아."

하지만 재한은 딱 한 마디로 세현의 반발을 무너뜨렸다.

Chapter 3

크라딧 카미 필드 진입

"그래도 일본으로 직접 가지 않아도 되는 건 마음에 드네."

세현이 미래 길드의 거점 건물의 지하 홀에서 이면공간 전송기를 보며 재한에게 말했다.

"기술이란 것은 시간이 지날수록 발전하는 거니까. 노력만 하면 말이야."

재한은 세현이 판게아에 있는 7년 동안 이룩한 성과들을 보며 세현이 호평을 할 때마다 어깨에 힘을 주며 기뻐했다.

지금도 이면공간 전송기를 이동하려는 공간이 있는 위치에 설치하지 않아도 사용이 가능하게 만들어 낸 성과를 세현이 지적하자 우쭐한 표정을 감추지 못했다.

이면공간으로 들어가기 위해서는 반드시 그 이면공간이 있는 위치에서 천공기를 사용해야 했다.

그것은 이면공간 전송기 역시 마찬가지였기에 만약 일본 땅에서 진입 가능한 이면공간으로 헌터들을 들여보내려면 당연히 일본에 전송기를 세워야 했다.

하지만 그것은 과거의 이야기가 되었다.

세현이 판게아에 있는 동안에 이면공간 전송기도 개선에 개선을 거듭해서 이제는 어느 곳에서나 좌표만 제대로 설정하면, 그 좌표가 있는 이면공간으로 들어갈 수 있게 되었다.

그리고 그것은 크라딧이 사용하던 장치에서 좌표를 뽑아내서 만든 전송장치에도 활용이 가능한 기술이었다.

때문에 일본의 크라딧들이 있는 공간으로 진입하기 위해서 모인 사람들은 지금 미래 길드 건물의 지하 홀에 모여 있는 것이다.

"그런데 꼭 먼저 들어가야겠냐?"

재한이 세현을 보며 물었다.

세 차례로 나누어 진입하기로 한 상황에서 제일 먼저 세현이 팀 미래로를 이끌고 앞장서기로 한 것을 두고 하는 말이었다.

이론상으론 완벽한 전송장치지만 만에 하나의 위험도 없다고 자신할 수는 없다.

그런 상황에서 세현이 제일 먼저 들어가는 것은 어떻게 봐도 위험을 감수하는 행위였다.

"그럼 길드원이나 전투지원자들을 먼저 보내는 것이 좋겠냐?"

세현이 재한에게 물었다.

"물론 모두가 귀한 사람이란 것은 나도 안다. 하지만 네게 문제가 생기면 그 손해는 다른 사람들에게 문제가 생기는 것과는 비교가 안 되는 거 아니냐. 네가 다른 사람보다 더 쓸모가 있다는 말이지."

"그런 식으로 말을 한다고 내 결심이 바뀌진 않는다. 물론 내가 더 쓸모가 있으니 손상될 확률을 낮추겠다는 거란 네 주장이 틀린 건 아니지만, 니 말대로 난 초인이거든. 더구나 안에서 만나게 될 크라딧들을 생각해야지. 전송기에 문제가 없다면 당연히 내가 먼저 들어가는 것이 우리 쪽의 피해를 줄일 수 있는 최선이다."

"쯧, 알았다. 알았어. 뭐 말이 통할 거라곤 별로 기대하지 않았다. 어쨌거나 조심해서 다녀와라."

재한은 결국 체념했다는 듯이 고개를 흔들며 물러났다.

"자, 준비들 됐으면 진입합시다."

세현이 신호를 주자 미래 길드의 연구원들이 전송장치를 가동하기 시작했다.

1차로 세현과 팀 미래로의 대원들 쉰 명, 거기에 폴리몬 올토아낙이 진입을 하기로 했다.

따지고 보면 초인 레벨의 실력자 두 명이 한꺼번에 움직이는 것이었다.

그 때문에 크라딧의 필드를 공략하기 위해 꾸려진 지휘부에서는 전송장치에 문제가 없다면 이번 공략이 실패할 가능성은 거의 없다고 판단하고 있었다.

우우우우웅 우우우웅 우우웅!

연구원들이 이리저리 움직이며 뭔가를 조작하더니 홀의 중앙에 파란색의 빛이 뭉쳐서 덩어리를 만들었다.

마치 질량을 지니고 있는 커다란 보석을 보는 듯했지만 실제로 그것은 빛의 덩어리일 뿐, 물리적인 질량을 가진 것은 아니었다.

지이이잉 지잉 지잉 지이이이잉!

처음에는 주먹 크기로 만들어졌던 빛의 덩어리가 조금씩 변하기 시작하더니 높이 3미터, 넓이 2미터의 타원형으로 바뀌었다.

"진입하세요. 지금부터 카운트다운 시작합니다. 1분 내로 모두 진입을 해주셔야 합니다. 이후로 5분 간격으로 두 번 후속부대를 진입시키겠습니다. 그리고 지금부터 30분 후에 이곳으로 되돌아올 수 있는 포탈을 열겠습니다."

연구원을 이끄는 수석 연구원의 고함소리가 스피커를 타고 홀을 울렸다.

세현이 곧바로 일행들을 이끌고 파란색의 포탈 안으로 뛰어들었다.

*　　　*　　　*

포탈에 들어온 세현을 제일 먼저 맞이한 것은 지구와는 다른 농도의 에테르였다.

대기 중의 에테르 농도가 지구보다 훨씬 짙었다.

하지만 그런 에테르 농도보다 세현이 먼저 신경을 써야 할 것은 일행들을 보호하는 것이었다.

쿠구구궁! 파츠츠츳 파직 파직! 콰과광!

사방에서 날아온 에테르 공격이 세현의 주변에 생성된 방어막에 막혀서 터져 나갔다.

크롸락 크락 크라라라락!

순간 에테르 기반 생명체들의 언어가 소란스럽게 들렸다.

"미친 것들! 사람의 말을 써라. 니들이 비록 크라딧이 되었지만 근본이 인간인 것도 잊었단 말이냐!"

세현이 고함을 질렀다.

어떻게 된 것인지 세현 일행이 도착하는 공간을 포위하듯이 크라딧들이 잔뜩 대기하고 있었다.

그리고 세현의 모습이 드러나자마자 곧바로 에테르를 변형시킨 갖가지 공격이 쏟아졌던 것이다.

하지만 세현은 함께 이동한 다른 대원들과는 달랐다.

다른 대원들은 이동의 후유증으로 어지럼증을 호소하고 있었지만 세현은 멀쩡한 모습으로 에테르를 이용한 방어막을 만들어 냈다.

사실 세현이 직접 나서지 않아도 '팥쥐'와 콩쥐가 방어막을 만들 수도 있었을 것이다.

인간들이 느끼는 어지럼증 같은 것을 '팥쥐'나 콩쥐가 느낄 일은 없으니 당연한 일이다.

"재미있군. 지구에선 느껴지지 않던 어머니의 의지가 여기선 선명하게 느껴진다."

그때, 올토아낙이 세현 곁으로 다가서며 중얼거렸다.

"그래서? 다시 예전으로 돌아가고 싶나?"

세현이 약간 경계심을 드러내며 물었다.

"아니, 아니다. 난 지금이 좋다. 빨리 일을 마치고 돌아가고 싶다. 미도리가 보고 싶다."

하지만 올토아낙은 세현의 말에 고개를 절레절레 흔들었다.

폴리몬 초인인 올토아낙의 바람은 어서 일을 마치고 판게아로 돌아가서 미도리를 만나는 것이었다.

올토아낙은 유독 미도리에게 호감을 가지고 있었는데, 그것은 판게아에 두고 온 세 명의 폴리몬도 비슷했다.

세현은 그 이유가 네 명의 폴리몬을 변화시킨 것이 미도리에게서 나온 휴먼인자 때문이 아닐까 생각하고 있었다.

물론 미도리에 대한 호감이 극단적인 복종이나 추종과는 거리가 먼 것이기에 세력화에 대한 걱정은 없었다.

그에 대해선 가이아 역시 문제가 없을 거라고 이야기를 했었다.

'어쨌거나 크라딧들의 필드로 들어와서도 휴먼인자를 받아서 자아를 찾은 폴리몬이 에테르 코어의 지배에서 벗어나 있다는 것은 확인이 되었군.'

세현은 내심 가슴을 쓸어내렸다.

혹시라도 올토아낙이 다시 에테르 코어의 지배를 받게 되었다면 이전에 했던 흉흉한 싸움을 다시 한 번 벌여야 했을 것이다.

물론 결과야 이전처럼 세현의 승리로 끝났겠지만 크라딧을 공략하기 위한 비밀 무기가 사라진다는 점에서는 타격이 컸으리라.

"자, 그럼 시작해 볼까?"

세현이 환하게 웃으며 올토아낙을 바라보았다.

그리고 동시에 앙켑스 에테르를 이용해서 올토아낙이 가지고 있는 휴먼인자를 복제해서 주변에서 한창 공격을 퍼붓고 있는 크라딧들에게 뿌리기 시작했다.

크롸락! 크롸—!

"이, 이게 뭐… 냐? 크아아악!"

"아, 아파! 아니야! 이게 아니야!"

"흐으으으, 흐으, 흐으으으!"

세현의 공격이 시작되자 곧바로 크라딧들의 반응이 돌아왔다.

에테르로 이루어진 생체구조를 지니고 있는 크라딧들에게 세현이 뿌리는 앙켑스 에테르는 그야말로 어마어마한 위력을 보였다.

에테르 생체구조 안으로 들어가자마자 녹아들어서 크라딧의 몸에 만들어져 있던 에테르 코어의 명령 체계를 뒤흔들었다.

그러면서 원래 크라딧이 가지고 있던 휴먼인자를 자극했다.

하지만 가장 중요한 것은 휴먼인자의 자극이 아니라 에테르 코어의 명령을 받아들이고 강제하는 조직의 붕괴였다.

마치 고열에 시달리는 것처럼 크라딧들이 쓰러져 헐떡거렸는데, 그 이유가 바로 몸 안의 조직들이 붕괴되고 새로 만들어지는 고통 때문이었다.

"괜찮나?"

세현이 앙켑스 에테르를 사방으로 뿌리면서 올토아낙에게 물었다.

"괜찮다."

올토아낙은 살짝 창백할 얼굴로 대답했다.

세현이 앙켑스 에테르를 이용해서 크라딧들을 감염시키고 있지만 그게 전부는 아니었다.

세현이 사용하는 앙켑스 에테르는 올토아낙의 휴먼인자를 복제한 것이었다.

그런데 그 휴먼인자를 무턱대고 크라딧에게 주입한다고 일이 끝나는 것이 아니었다.

그 휴먼인자에 자극을 줘서 활동을 촉발시키는 것은 그것의 주인이나 다름이 없는 올토아낙의 의지였다.

단 한 번이지만 그 과정이 반드시 필요했다.

그리고 그 때문에 올토아낙이 판게아를 떠나서 세현과 함께 온 것이었다.

지금 올토아낙의 얼굴이 창백한 것은 휴먼인자에 자극을 주어 휴먼인자의 활동을 촉발시키는 것이 마냥 쉬운 일만은 아니라는 반증이었다.

문제가 있다면 복제된 휴먼인자의 활성화가 올토아낙의 의지로 되는 것이 아니란 점이었다.

가까운 곳에 복제된 휴먼인자가 있다면 자연스럽게 올로아낙의 의지를 받아서 깨어났다.

세현은 자신이 뿌리는 앙켑스 에테르 휴먼인자가 모두 활성화되고 있기에 아직까지는 괜찮다는 생각에 계속해서 크라딧들에 대한 공략을 멈추지 않았다.

"이, 이게 어떻게 된 거야?"

"우리가 왜!"

"아아아아! 지금까지 우린 뭘 하고 있었던 거지?"

"새로운 세상을 개척하고 인류의 영역을 넓히자는 취지는 어딜 간 건가!"

"언젠가는 지구 인류와 화평을 모색하자고 하지 않았나? 그런데 에테르 기반 생명체로 에테르 코어의 지배를 받고 살았어, 우리가!"

"크흐흑, 이건 아니야… 이래선 안 되는 거였다고!"

"아아, 에테르 기반 생명체라니… 우리 몸이 전부 에테르 생체구조로 변해 버렸다니."

그때, 세현의 공격을 받고 쓰러져 꿈틀거리던 이들이 하나둘씩 깨어나기 시작했다.

그들은 쓰러져 있던 상태에서 몸을 일으키긴 했지만 주저앉은 상태로 망연한 표정을 짓고 있었다.

지금까지 에테르 코어의 지배를 받으며 지내온 시간들이 하나둘씩 떠오른 것이다.

그러는 와중에도 아직 세현의 앙켑스 에테르에 당하지 않은 크라딧들은 여전히 공격을 퍼붓고 있었다.

하지만 초인인 세현의 방어막은 그들의 공격에 전혀 영향을 받지 않는 듯이 굳건하기만 했다.

"잠시만 기다려주십시오. 이젠 제가 하겠습니다."

그때, 올토아낙이 세현의 앙켑스 에테르 시전을 중지시켰다.

세현은 올토아낙의 얼굴빛이 무척 좋지 않다는 것을 깨닫고는 앙켑스 시전, 정확히는 올토아낙의 휴먼인자 복제를 멈췄다.

그러자 올토아낙이 넋이 나간 것 같은 크라딧 중에서 그나마 눈빛이 돌아온 사람을 낚아채서 데리고 왔다.

"잘 들어. 지금부터 너희 동료들을 구할 거야. 조금 있으면 머리가 아플 수도 있고, 정신이 혼미해질 수도 있어. 하지만 최대한 정신을 차려! 알았어? 그리고 한 가지, 잊지 마라. 다시 에테르 코어에게 지배를 받지 않겠다는 강한 의지를 지니고 있어야 한다. 알겠나?"

올토아낙이 크라딧에게 협박하듯이 말을 했다.

세현과 대화를 할 때와는 많이 다른 모습이었다.

이전에는 조금 어눌해 보였던 올토아낙이 크라딧을 상대로는 기세등등한 모습을 보이고 있는 것이다.

[음음. 올토아낙, 저 크라딧들 도왔어. 음음. 영향을 줬어. 미도리가 도왔던 것처럼, 올토아낙도 도왔어!]

그때, '팥쥐'가 올토아낙의 행동 변화를 설명할 수 있는 힌트를 던져 주었다.

결국 올토아낙의 휴먼인자를 복제한 것으로 크라딧들이 에테르 코어의 지배에서 벗어나는 바람에 올토아낙이 그 크라딧에게 심리적인 우위를 차지하게 되었다는 뜻이다.

'앞으로도 계속 그렇게 될까?'

세현은 그런 생각을 하다가 지금 당장 새로운 크라딧에서 휴먼인자를 복제해서 사용한다는 것을 떠올리고는 피식 웃었다.

어차피 그저 심리적인 우위, 혹은 호감 정도에서 끝날 문제라고 행성 코어 가이아가 확인해 준 문제였다.

심각하게 세력화나 파벌 같은 것을 걱정할 필요는 없을 터였다.

카미 필드의 크라딧과 에테르 코어

"으흐으!"

크라딧이 머리를 부여잡으며 신음소리를 흘렸다.

"쳇, 약해빠져선!"

올토아낙이 혀를 차고는 카피의 대상을 바꾸었다.

세현 역시 자신이 휴먼인자를 카피하고 있던 크라딧의 상태를 살피고는 다른 크라딧으로 눈길을 돌렸다.

세현과 올토아낙은 에테르 코어의 지배에 저항하게 된 크라딧을 데려다가 휴먼인자 복제 대상으로 삼았다.

올토아낙 역시 초인이기에 세현이 하는 것과 비슷하게 휴먼인자를 복제해서 크라딧에게 주입할 수 있었다.

그래서 휴먼인자를 받아들여서 에테르 코어에 대한 저항력이 강화된 크라딧들의 인자를 복제해서 몰려드는 크라딧들을 공략하는 중이었다.

물론 그 때문에 강제로 휴먼인자를 활성화된 크라딧들이 고통을 호소하는 것이다.

하지만 지금도 크라딧들의 수가 많았기에 계속해서 몰려들고 있는 상황이었다.

어떻게 알고 오는 것인지, 세현이 전송장치를 이용해서 진입한 분지를 향해서 크라딧들이 수도 없이 밀려들었다.

그러니 크라딧 개개인의 상황을 살필 여유가 없었다.

세현의 군건한 방어가 깨질 걱정은 별로 없지만, 몰려드는 크라딧의 수가 늘어나면서 의식이 회복된 크라딧들을 방어막 안쪽으로 옮기는 것도 한계를 맞을 것이다.

그러니 일단 한 번이라도 크라딧의 공세를 막아낸 후, 정비를 할 필요가 있었다.

"거기! 좀 빨리 움직여! 그렇게 길을 막고 있으면 어쩌란 거야?"

"여기 누워서 정신을 추슬러요. 짐작하겠지만 어느 정도 기운을 차리면 다시 조금 전에 했던 일을 하게 될 거예요."

"괜찮아요. 덕분에 우리 길드원들이 제정신을 차릴 수 있다면 이 정도 고통은 참을 수 있어요."

"그래요, 우린 견딜 수 있어요. 아, 어떻게 우리가……."

"크흐흑, 이 죄를 어떻게 갚을 수가 있을까 모르겠습니다. 마음 같아선 할복이라도 하고 싶은 심정입니다."

"그래요. 저도 같은 생각이에요. 비록 여자지만……."

"쓸데없는 생각하지 말고 누워 있어요. 당신들을 구하기 위해서 우리 미래 길드 마스터께서 얼마나 고생을 하셨는데 할복 운운하는 거예요?"

"맞습니다. 괜한 짓으로 우리 길마님 힘들게 하지 말고 가만히 있어요."

곳곳에서 카미 길드 소속이었다는 크라딧들과 공격대원들 사이의 실랑이가 벌어지고 있었다.

벌써 세현 일행 뒤로 들어오기로 했던 두 차례의 증원은 모두 이루어진 상황이었다.

하지만 그렇게 들어온 공격대원들은 본래의 임무가 아니라 회복한 크라딧을 관리하는 일을 하고 있었다.

그런 중에 겨우 정신을 차리고 충격에 빠져서 엉뚱한 말이나 행동을 하는 이들 때문에 곳곳에서 혼란이 벌어지는 것이다.

*   *   *

"이봐, 이곳에 너희 크라딧이 몇 명이나 있는 거지?"

세현이 천 명이 넘는 크라딧을 에테르 코어로부터 구한 후에 크라딧들의 공세가 뚝 끊어진 것을 확인하고 물었다.

질문을 받은 크라딧은 잠깐 당황한 표정을 보이더니 생각을 정리하고는 대답했다.

"실험 직후에 이곳 카미 필드로 이동된 총 인원은 14만 명 정도였습니다."

"14만? 그렇게 많았단 말이야?"

"따지고 보면 많은 것도 아닙니다. 사실 우리 카미 길드에서는 어느 정도 선별 과정을 거쳐서 우리와 함께할 사람들을 뽑았습니다."

"그러니까 아무나 데리고 들어온 것이 아니라고?"

세현이 피식 비웃음을 흘리며 물었다.

"우, 우리는 실험을 통해서 새로운 이면공간을 생성하고, 그 이면공간에 일반인들까지 모두 이동시켜서 그들을 천공기사와 같은 존재로 만들려고 했습니다. 그리고 그렇게 키운 힘으로 이면공간들을 적극적으로 공략해서 인류의 영역을 확장하려 한 것입니다."

"그러니까 너희들은 그 배반의 크리스마스 실험 전부터 이면공간에서 이면공간으로 넘어가는 통로의 존재를 알고 있었다는 말이네?"

"그야 당연한 일입니다. 그 실험에 참여했던 열세 단체는 사실상 최고의 천공기사들이 포함되어 있었습니다. 그런 그들이 이면공간의 통로를 모른다는 것이 오히려 이상한 일입니다."

세현의 비웃음에 발끈한 크라딧이 자신들의 정당성을 주장하려는 듯이 목에 핏줄을 세워가며 주장을 펼쳤다.

"그리고 그 실험을 했던 이유가 인류를 위해서라고?"

"그렇습니다. 우린 세상 사람들이 생각하는 것처럼 지구를 위험에 빠뜨리기 위해서 프로젝트를 진행했던 것이 아닙니다."

"그래? 나도 그게 궁금했지. 제대로 정신을 차리고 있는 관계자를 찾아서 꼭 물어보고 싶었거든. 도대체 배반의 크리스마스 실험을 왜 했던 거지? 아니, 어떻게 할 수가 있었지? 그에 대한 자료가 없었을 텐데?"

이 문제는 세현은 물론이고, 진강현과 공아현도 그것을 궁금하게 여기고 있었다.

진강현은 실종 당시에 그 실험에 대한 자료를 모두 폐기했다고 자신 있게 말했다.

남은 것들로 아무리 퍼즐 맞추기를 한다고 해도 제대로 된 실험은 불가능했을 거라고 했다. 그런데 결국 그 실험이 이루어졌다는 말에 진강현도 무척 놀랐었다.

"그건… 그 실험을 주도한 것은 고철한 마스터가 있는 천공 길드였습니다. 그쪽에서 정보를 받아서 타당성을 검증하고, 또 실현 가능성과 그 영향에 대해서 미리 알아봤습니다. 그래서 안전하다고 생각하고 프로젝트를 진행한 겁니다."

"프로젝트라… 그게 이면공간을 인공적으로 만드는 것이었단 말이지? 그리고 그 이면공간에 일반인들을 다수 끌어 들여서 그들을 에테르 각성자로 만들고 그렇게 확보된 전력으로 이면 공간들을 점령해 나간다는 거?"

세현은 카미 길드의 사내가 주장하는 내용을 정리해서 물었다.

"맞습니다. 바로 그겁니다. 그렇게 해서 천공기사의 부족을 해결하고 또 이면공간을 다수 확보함으로써 인류의 생존권을 쟁취한다는 것이 프로젝트의 목적이었습니다."

"그래. 그런데 결과적으로는 지구에 몬스터를 불러들였지. 아니, 더 자세히 말하자면 지구의 행성코어와 싸우고 있던 에테르 코어에게 힘을 실어줘서 종국에는 지구의 행성코어가 패배하도록 유도했어. 물론 덤으로 지구상에 몬스터들이 날뛰면서 수많은 사람들이 죽게 만들었지. 아, 긍정적인 것도 있나? 지구에 에테르가 넓게 퍼지면서 헌터들이 등장한 거?"

"행성 코어에 대한 것은 무슨 말인지 모르겠지만, 지구에 몬스터가 쏟아진 것은 우리들이 예상했던 것이 아니었습니다. 헌터들의 등장도 당연히 계획된 것은 아니었습니다. 지구에 에테르가 그렇게 급격하게 늘어날 거란 실험 결과는 어디에도 없었습니다. 우리가 바란 것은 정말로 그런 것이 아니었단 말입니다."

사내는 억울하다는 표정으로 항변했다.

"뭐, 당신 한 사람에게 잘못을 따지겠다는 것은 아니니까 그렇게 심각할 필요는 없어. 난 그저 전 세계적으로 일어난 그 실험을 행했던 이들의 정신 상태가 궁금했을 뿐이야. 그런데 들어 보니 나름의 생각들은 있었던 모양이군."

세현은 어느 정도 크라딧들의 실험에 대해서 이해할 수 있는 부분도 있다는 생각을 했다.

사실 실험이라고 하는 것이 언제나 성공하는 것은 아니고, 또 처음 하는 일에서는 왕왕 예상치 못한 결과들이 나오는 법이 아닌가.

그러니 배반의 크리스마스 실험 역시 그런 결과로 볼 수도 있을 터였다.

'물론 정말로 그 때문에 실험이 이루어졌는지에 대해선 확신할 수 없지. 말단이 알고 있는 것과 수뇌부가 알고 있는 것이 항상 일치하는 것은 아니니까. 더구나 천공 길드에서 정보가 나왔다는 것도 알아봐야 할 일이지. 어떻게 형이 없앴다는 정보가 그들에게서 나올 수 있었는지 말이야.'

세현은 아직도 해결되지 않은 궁금증을 잠시 더 덮어 두기로

했다.

지금은 카미 필드의 크라딧들을 정리하는 것이 우선이었다.

14만의 실험 대상자 중에서 그 동안 이런저런 사고로 3만가량이 줄어들었다.

결국 카미 필드에는 11만의 크라딧이 있어야 하는데 정작 카미 필드에는 5만 정도의 인원만 남아 있다고 했다.

그 나머지는 이면공간 통로를 이용해서 곳곳으로 퍼져 나간 상태였다.

물론 그렇게 퍼져 나간 크라딧들은 에테르 기반 생명체의 편에 서서 열심히 싸우고 있을 터였다.

세현은 일단은 카미 필드의 크라딧들을 정리하면서 카미 필드의 핵인 에테르 코어를 찾기 위해서 애를 썼다.

배반의 크리스마스 실험에서는 파란색 등급의 에테르 코어를 핵으로 놓고 실험을 했다. 그래서 세현은 당연히 그 등급의 에테르 코어가 카미 필드를 유지하는 핵일 거라고 생각했다.

하지만 놀랍게도 세현이 찾아 낸 카미 필드의 핵은 남색 등급의 에테르 코어였고, 정신을 회복한 크라딧들의 증언에 따르면 그것은 원래 파란색 등급 코어였다고 했다.

"이건 정말 의외로군요. 이 건물들… 코어의 에고를 일부 형성하고 있는 것 같군요."

"에고라고요?"

세현은 메콰스와 함께 카미 필드의 에테르 코어를 살피던 중에 메콰스가 뜻밖의 말을 하는 것을 들었다.

"제가 보기엔 그렇습니다. 원래는 평범한 에테르 코어였을 것이 분명한데, 이 코어는 미약하지만 에고를 형성하고 있는 것 같습니다."

메콰스는 거의 확신하는 듯이 말했다.

[음음, 생각하는 거야. 콩쥐를 닮아 가는 거야. 음음. 대단해.]

'뭔지 알겠어?'

세현은 뭔가 알아 낸 듯이 끼어드는 '팥쥐'에게 물었다.

[음음. 콩쥐, 내가 콩쥐 처음 만났을 때, 기억해 둔 것이 있어. 음. 그거하고 비슷한 거야. 작은 콩쥐에게 있었던 거, 여기 이렇게 크게 만들어 놨어. 음음.]

'그러니까 콩쥐가 에테르 코어였을 때, 그 코어를 만들었던 구조를 이 건물들이 만들어 내고 있다고?'

세현은 허공으로 높이 날아올라서 배반의 크리스마스 실험을 실행하기 위해서 지었던 건축물들을 한눈에 담으며 '팥쥐'에게 물었다.

[음. 회로 같은 거야. 세현이 알고 있는 컴퓨터 회로.]

'그래? 컴퓨터 회로 같은 거라고? 이 거대한 구조물들이? 그렇게 보면 그것도 대단하군.'

세현이 메콰스 곁으로 내려오며 내심 감탄을 하고 있을 때, 메콰스가 세현 곁으로 다가와서 입을 열었다.

"그러고 보니 기억나는 것이 있습니다."

"기억나는 것이라니요?"

"자유에선을 지나서 다른 영역으로 가면 그곳에 있는 행성들 중에 에테르 정화 장치를 가지고 있는 행성들이 있다고 했습니다. 그런데 그 정화 장치란 것이 겉으로 보면 거대한 규모의 건축물인데 생명체라고 하더군요."

"네? 건축물인데 생명체라고요?"

"그렇다고 들었습니다. 그러니까 그게 이름이 디퀴피드라고 했던 것 같습니다."

[아아아! 음음음!]

메콰스가 디퀴피드란 이름을 거론했을 때, '팥쥐'가 격한 반응을 보였다.

'뭐야? 무슨 일이야? 괜찮은 거냐?'

세현이 걱정이 되어 '팥쥐'에게 물었다.

[음. 아니, 몰라. 디퀴피드. 음음. 뭔가 있어. 그런데 모르겠어. 답답해.]

'팥쥐'가 세현에게 체한 듯이 답답한 느낌을 전해 왔다.

'진정해. 디퀴피드에 대해선 알아보도록 하자. 너무 조급한 마음은 가지지 말고.'

세현이 '팔쥐'를 진정시키기 위해서 노력하고 있을 때, 메콰스의 이야기가 계속되었다.

"원래 정해진 형태가 아니라 하나의 씨앗에서 시작하는 생명체라고 했지요. 그것이 일정한 법칙에 의해서 세워진 건축물과 결합을 하게 되면 완전한 디퀴피드로 태어나게 되고, 그 디퀴피드의 역할이 에테르의 정화라고 했습니다. 그것이 있는 행성은 에테르가 사라지고 정화가 된다는 거지요. 에테르 기반 생명체들을 완전히 몰아내는 데에는 그만한 존재가 없다고 들었습니다. 그렇습니다. 그런 것이 있었지요."

메콰스는 디퀴피드란 것을 까맣게 잊고 있다가 크라딧 필드에 있는 건축물들을 보면서 기억을 떠올렸다.

"그럼 지금 여기 있는 건축물들이 그 디퀴피드를 태어나게 할 수 있는 그것이란 말입니까?"

세현이 메콰스를 보며 확인하듯 물었다.

"글쎄요. 아마도 그건 아닐 겁니다. 제가 들은 디퀴피드의 규모에 비하면 여기 있는 것은 부족한 면이 많은 것 같습니다. 하지만 그것을 바탕으로 만들어진 것으로 추측할 수는 있겠습니다. 덕분에 일반 코어가 희미하지만 에고를 지니게 되었으니 굉장하지요."

메콰스는 주변을 다시 차근차근 살피며 건물들의 형태와 배치를 눈에 담았다.

물론 그 건물들이 겉으로 드러난 것보다는 그 안쪽에 배열된 수많은 에테르 통로들이 중요하다는 것은 메콰스도 알고 있었다.

하지만 전설처럼 전해지는 디퀴피드의 이야기를 떠올린 메콰스는 그 흔적만이라도 볼 수 있다는 것에 감격스러워 했다.

크라딧 필드 네트워크

카미 길드의 크라딧 필드는 남색 등급의 필드로, 무척 넓은 곳이었다.

거기다가 처음에는 적극적으로 세현 일행을 공격하던 크라딧들이 어느 순간부터는 필드 내에 몸을 감추고 나타나지 않았다.

덕분에 필드를 장악하는 데에는 처음 얼마간 밀려드는 크라딧을 정리할 때를 제외하곤 걸림돌이 별로 없었다.

그런데 문제는 숨어 버린 크라딧들을 찾아서 그들의 정신을 회복시키는 일이 쉽지 않다는 것이었다. 더구나 크라딧의 실험으로 만들어진 필드에서 이면공간으로 이동하는 것은 무척 쉬웠다.

어떻게 된 것인지 크라딧들은 이면공간 통로를 따로 통행증 없이 이동하는 것이 가능했다. 들어 보니 그런 능력이 생긴 것은 그리 오래되지는 않았다고 하는데, 언제부턴가 일정한 이면공간은 프리패스처럼 이동이 가능해졌다는 것이다.

그리고 그렇게 이동 가능한 이면공간들을 따라가면 결국 다른 크라딧 필드로 이동이 가능하다고 했다.

이를테면 열세 곳의 크라딧 필드가 이면공간들을 통해서 연결이 되었다는 이야기다. 그 덕분에 카미 필드에서 6만이나 되는 크라딧들이 빠져나가서 천공 필드로 향했다고 했다.

"그러니까 뭐야? 여기 크라딧이 이면공간을 멋대로 사용하고 있다고?"

"이면공간이 아니라 이면공간 통로라잖아."

"우리는 그거 통행증 얻어야 되는 거고? 크라딧은 그냥 지나가고?"

"그렇지. 그런데 이상한 것이 있어."

"뭐가?"

"정신이 돌아온 크라딧들은 그게 안 되는 모양이야."

"뭔 소리래?"

"그러니까 치료를 받아서 정신이 돌아온 크라딧들은 이쪽 필드에서 이면공간으로 통하는 통로를 사용할 수가 없다는 말이지."

"어째서?"

"모르지. 그런데 대장님 생각에는 아무래도 이곳에 크라딧들이 만들 필드의 에테르 코어들이 서로 연결이 되어 있는 것이 아닌가 하시더라고."

"뭐야? 그러니까 열세 개의 에테르 코어들이 서로 연결이 되어서 그들의 편의를 봐준다고?"

"그렇지. 그래서 그 에테르 코어들이 서로 연결되는데 필요한 이면공간까지 모두 점령을 해서 하나의 세력으로 만들어 놓은 것이 아닌가 하는 거지."

"야, 그럼 여긴 어떻게 되는 건데?"

"뭐가?"

"뭐긴 뭐야, 여긴 이미 우리가 점령했잖아. 그리고 그걸 다른 곳에 있는 크라딧 필드 코어들도 알고 있을 거 아냐?"

"그렇겠지."

"그럼, 여기 카미 필드에 있는 코어는 왕따 당하는 거 아냐? 아니면 공격을 받거나?"

"설마 그런 일이야 있겠냐?"

"아니, 진지하게 생각을 해보라고, 코어들이 서로 연결되어 있다고 했잖아? 적에게 넘어간 상태니까 아예 자폭을 권유할 수도 있는 거잖아. 다른 이들을 위해서 너는 죽어라 뭐 이런 거."

"음! 그거 가능성이 있긴 하겠다."

카미 필드에 주둔하고 있는 공격대원들 사이에선 가끔 이런 대화가 오갔다. 그리고 세현을 비롯한 수뇌부도 그 문제를 걱정하고 있었다.

지금 당장에라도 카미 필드의 코어가 자폭이라도 하는 날에는 이곳에 있는 수많은 사람과 회복된 크라딧들에게 어떤 문제가 생길지 알 수 없는 일이었다.

가장 좋은 것은 다시 일본 땅으로 떨어지는 것이고, 그렇지 않더라도 다른 이면공간에 안착할 수 있으면 좋다.

하지만 어찌 잘못되어서 공간 사이에서 영원히 떠돌게 되거나 생명체가 살 수 없는 여건의 어딘가로, 혹은 보라색 등급의 필드로 떨어지면 그야말로 끔찍한 일이 아닐 수 없다.

그 때문에 세현과 올토아낙은 카미 필드의 에테르 코어에 작은 변화라도 생기는지 긴장을 늦추지 않고 살피는 중이었다.

그나마 다행인 것은 '팥쥐'와 콩쥐가 카미 필드의 에테르 코어와 의사소통이 가능하다는 것이었다.

그래서 둘이 나서서 카미 필드의 에테르 코어를 어르고 달래는 중이라는데, '팥쥐'의 표현으로 하자면 '너무 어려서 말이 안 통하는' 상태라 어려움이 많다고 했다.

그래도 다행인 것은 스스로 죽음을 택할 강단은 없어 보인다고 해서 세현의 시름을 조금은 덜어줬다.

물론 그것도 완전히 믿긴 어려운 것이 외부로부터 끊임없이 그 카미 코어로 정보들이 들어오고 또 나가고 있다는 사실을 '팥쥐'가 알아냈다.

그것을 차단하려 했지만 카미 코어 스스로 그것을 할 수 있는 능력이 없다는 대답만 들어서 어쩔 도리 없이 지켜보는 중이라 했다.

＊　　　＊　　　＊

"결국 미국과 프랑스에서 진입했던 팀들은 전멸을 했단 말이지?"

세현이 카미 필드로 직접 찾아온 재한과 대화를 나누고 있었다.

"그래. 그리고 이쪽에서 나온 정보를 토대로, 이곳 카미 필드를 교두보로 해서 다른 크라딧 필드를 하나씩 점령해 나가거나 혹은 네가 나서서 미국이나 프랑스 쪽의 크라딧 필드를 정리하는 계획들을 살피고 있는 중이라 하더라."

"쯧, 지들이 하라면 내가 해야 하는 건가? 웃기는 놈들이네."

세현이 재한의 말에 혀를 찼다.

"이해해라. 어떻게든 주도권을 잡아 보려고 애를 쓰는 상황이잖냐. 그래도 우리나라 대표들이 목에 힘주는 이유가 너 때문인데, 그렇게 까칠하게 굴 건 없잖아."

재한이 그런 세현을 달래려 애썼다.

"후우… 일단 두고 보지 뭐. 아직까지는 그래도 제 잇속 차리자고 하는 놈들은 없는 것 같으니까."

세현은 과거 여러 정권들이 강현과 자신에게 그다지 좋지 않은 기억을 심어준 것을 잊지 않았다.

때문에 체질적으로 정치가들에 대해선 호의적이지 못했다.

하지만 이번에 새로 한국을 이끄는 정치가들은 때가 묻지 않은 이들로 아직까지는 민복(民僕)으로의 자세를 잊지 않고 있었다.

그래서 세현도 지켜보며 평가를 보류하고 있는 중이었다.

"어쨌거나 회의 결과가 나오면 좀 도와주고 그래라. 니가 좀 도와주면 국익에 큰 도움이 된다."

재한이 세현에게 슬쩍 정치가들을 지원하는 말을 하고는 눈치를 봤다.

"그래, 알았다. 도울 수 있으면 돕는 것도 나쁘진 않겠지."

세현은 그런 재한의 마음을 이해하곤 한 발 물러나 주었다.

"그런데 넌 어떤 방향이 좋겠냐? 미국이나 프랑스에서 알려진 필드를 이쪽에서처럼 치고 들어가는 것이 좋을까, 아니면 이곳 카미 필드에서 이면공간을 통해서 확장하듯 가는 쪽이 좋을까?"

세현이 슬쩍 물러나자 재한은 더 이상은 그에 대해서 말을 하지 않으려는 듯이 화제를 바꾸었다.

"아무래도 나는 이곳부터 어떻게 하는 것이 좋을 것 같은데? 아직까지 이곳에 있는 크라딧도 전부 정리가 된 것이 아니야. 워낙 넓어서 여기저기 숨어 있는 크라딧이 많아."

세현은 다른 쪽으로 다시 공략하는 것에 대해선 당장 급하지 않다는 쪽이었다. 어차피 지금 당장 크라딧을 공략하는 방향이 이전처럼 잡아 죽이는 것과는 다른 쪽으로 전개가 되고 있었다.

카미 필드에서 크라딧의 정신을 깨워서 원래의 정신을 찾게 만드는 것이 가능하다는 것을 확실하게 증명했다.

그러자 지금은 다른 크라딧들도 모두 회복을 시켜야 한다는 목소리가 높아지고 있었다.

물론 크라딧들의 실험으로 인류가 큰 상처를 입은 것을 잊자는 이야긴 아니었다. 배반의 크리스마스 실험을 이끌었던 이들은 마땅히 처벌을 받아야 한다는 입장은 분명했다.

하지만 모든 크라딧을 죄인 취급해서 인류의 적으로 규정하는 것은 다시 생각해 볼 필요가 있다는 의견들이 나오고 있었다.

거기엔 크라딧 전부가 엄청난 에테르 능력자라는 사실도 큰 이유를 차지하고 있기도 했다.

몸 전체가 에테르 생체구조로 바뀐 크라딧들은 공아현이 그랬던 것처럼 에테르 운용에서 뛰어난 재능을 보였다.

그들은 공아현이 그랬던 것처럼 초인의 에테르 운용방법과 비슷한 방법으로 에테르를 사용할 줄 알았고, 그것은 굉장한 전력이 될 수 있었다.

어차피 이면공간의 등장으로 지구 인류도 에테르와 떨어져 살 수 없는 상황이었다. 그런 상황에서 이면공간을 공략하는데 큰 도움이 될 전력이 생겼다면 당연히 품에 안고 싶어질 수밖에 없었다.

사실 크라딧에 대한 이야기가 조금씩 퍼져 나가면서 크라딧들이 에테르 코어의 지배에서 벗어나서 독자적인 존재로 거듭났다는 소식에 사람들이 들뜨고 있었다.

특히 국가나 거대 기업과 같은 집단을 이끄는 이들은 크라딧 길드를 통째로 받아들이면 그 시너지 효과가 얼마나 클지를 두고 갑론을박을 하는 중이었다.

그런 상황에서 다른 크라딧 길드 구성원들을 모두 싸잡아 토벌하는 것은 이제 선택 사항에서 멀어져 있었다.

"하지만 그래선 너무 오래 걸리는 거 아니냐? 그런 식으로 크라딧을 회복시킬 수 있는 능력은 너하고 올토아낙밖에 없는 거잖아."

재한이 크라딧을 회복시키는 능력을 가진 이가 세현과 올토아낙 뿐이란 점을 거론하면 곤란하단 표정을 지었다.

하지만 세현은 그 말에 뱅긋 웃었다.

"크라딧들, 제법 괜찮은 구석이 있는데, 그중에서 특히 한 가지가 대단하다. 그게 뭔지 아냐?"

"무슨 소리야?"

재한이 세현의 말을 이해하지 못한 표정으로 되물었다.

"크라딧들이 에테르 운용 능력만큼은 거의 초인과 비슷하다는 거 모르냐?"

"알긴 알지, 그런데 그게… 설마, 크라딧들이 너하고 올토아낙이 하는 방식으로 다른 크라딧들에게 에테르 감염을 시킬 수 있다는 거냐?"

재한이 말을 하다말고 깜짝 놀란 표정으로 목소리를 높여 물었다.

"음, 그것도 일종의 재능이라서 모든 크라딧이 가능한 것은 아니지만 확인을 해보니까 몇몇은 충분히 가능성이 있더라. 백 중에 한두 명 정도지만 크라딧 중에서 에테르를 이용한 조직구성이 가능할 정도로 에테르를 세밀하게 다룰 수 있는 이들이 있었다."

"우와 그건 정말 엄청난 소식인데? 그게 가능하다는 소리는 그들이 있으면 에테르 기반 생명체들, 그러니까 몬스터나 마가스, 폴리몬에 대한 공략도 가능하다는 말이잖아?"

재한은 벌써부터 휴먼인자를 활용해서 뭔가 할 수 있지 않을까 싶어서 엉덩이를 들썩거리고 있었다.

"잠깐, 너, 오해하지 마라. 몬스터나 마가스, 폴리몬이 에테르 코어의 지배에서 벗어난다고 해서 무작정 인류나 이종족에게 호의적일 거라고 생각하면 안 된다. 그저 에테르 코어의 명령에 무조건 복종하던 것을 스스로 생각하고 판단하게 된다는 의미일 뿐이다."

"그게 그거 아니냐?"

"아니, 전혀 다르다. 사실 에테르 기반 생명체와 우리들 탄소 기반 생명체는 애초에 생존 기반 자체가 다르다. 전혀 다른 생명체란 소리지. 그래서 그들을 자유롭게 해주는 것은 의미가 별로 없다."

"음? 그게 무슨……."

재한은 세현의 이어지는 말에도 제대로 이해가 가지 않는 표정이었다.

"야, 우리가 에테르 기반 생명체에게 뭘 해줄 수 있냐?"

세현이 재한에게 물었다.

재한은 잠시 생각을 해봤지만 확실히 에테르 기반 생명체에게 뭔가를 해줄 것이 없었다.

"그에 비해서 에테르 기반 생명체를 사냥해서 이익을 얻을 수는 있지?"

세현이 재한에게 그렇게 물었을 때, 재한도 에테르 기반 생명체와 탄소 기반 생명체가 서로 좋은 관계로 사는 것은 어렵다는 사실을 깨달았다.

"그렇군. 어차피 서로가 적대적일 수밖에 없다는 말이구나?"

"그래, 그 반대로 에테르 기반 생명체들도 우리 쪽에서 뭔가 얻을 것이 있을지도 몰라. 하지만 우리는 분명히 그것들을 사냥해서 이익을 취하는 입장이란 사실을 잊으면 안 된다. 그러니 에테르 코어의 직접 지배를 막는다고 해도 결국 적대적인 입장이 되는 것은 어쩔 수 없다. 그러니 그런 능력을 지닌 크라딧이 있다고 무조건 몬스터나 마가스, 폴리몬을 우리 편으로 만들 수 있다는 생각은 털어 버려라."

"그래. 알았다. 네 말이 맞네."

재한은 상황을 완전히 이해했다는 표정으로 고개를 끄덕였다.

"그래도 크라딧들 중에서 나와 올토아낙을 대신할 수 있는 이들을 양성할 수 있다는 것은 좋은 소식이지. 앞으로 크라딧을 공략하는데 큰 도움이 될 거고, 이면공간을 공략하는데도 도움이 될 테니까."

세현은 조금 침울해진 표정의 재한에게 그렇게 위로를 해주었다.

그리고 며칠 후, 결국 카미 필드에서부터 네트워크처럼 연결된 이면공간들을 공략하며 크라딧 필드들을 점령해 나가는 방식의 공략 계획이 결정되었다.

재한은 그 또한 세현의 의견을 중요하게 반영한 결정이라고 은근히 엄지를 세워 보였다.

Chapter 4

카미 필드 공략과 세현의 의심

"이건 확실히 도움이 되기는 하는군. 하지만 복제할 대상이 없으면 쓸 수 없다는 것은 무척 아쉽군."

호올이 세현의 곁으로 다가서며 기쁨과 아쉬움을 반반 섞어 놓은 표정으로 말했다.

"네가 이 기술을 사용할 수 있을 거라곤 생각을 못했는데 말이야."

세현은 호올을 보며 정말 뜻밖이란 표정을 감추지 않았다.

세현과 올토아낙, 그리고 크라딧 중에서 일부가 사용할 수 있는 에테르 생체구조 복제를 호올이 배운 것이다.

"그래봐야 넷 중에 하나만 가능하다. 하나로 있을 때도 쓸 수 있지만 하나가 여럿이 되면 그때는 여럿 중에 하나만 쓸 수 있다."

"그래. 넷으로 나뉘면 그중에 한 개체만 기술을 쓸 수 있더군. 그리고 보면 너희 온스 종족이 여럿으로 나뉘었을 때, 그 하나하나는 사실 개별적인 존재라고 볼 수 있는 것이 아닌가 싶다."

세현이 이번에 새로 알게 된 온스 종족의 특성을 호올에게 확인하듯이 말했다.

"그야 당연하다. 하나가 여럿이 되는 우리들은 그 하나하나가 완전히 독립적인 개체로 거듭나길 원한다. 그렇게 해서 여럿이 된 모두가 스스로의 삶을 살 수 있었을 때, 우리 온스는 완전한 성장을 이룩하는 것이다."

"그래? 그런데 어째서 지금까지 나는 호올, 네가 여럿이 되었을 때에도 그 여럿이 모두 호올, 너라고 생각했을까?"

"무슨 소리냐. 그 여럿이 모두 나란 것도 사실이다. 그럼 그 여럿이 내가 아니란 말이냐?"

세현의 말에 호올이 발끈했다.

"하지만 그렇게 말하면 너희 온스 종족의 완전한 성장이란 것과 모순되잖아. 하나가 여럿이 되어서 그 개개의 존재들이 완전 독립을 했을 때, 네 성장이 끝나는 거라면, 그 순간에 하나였던 너는 어떻게 되는 거냐? 그 여럿이 따로 제 삶을 선택해서 뿔뿔이 흩어지면 하나였던 너는?"

세현이 그렇게 물어보자 호올은 말문이 막힌 듯이 대답을 하지 못했다. 그리고 충격을 받은 표정으로 한쪽으로 비척비척 걸어가 바위에 걸터앉았다.

세현은 호올이 뭔가 큰 고비를 맞고 있음을 느끼고 주변 사람들이 호올의 곁으로 다가서지 못하게 했다.

은연중에 에테르를 이용해서 주변을 장악한 세현이 사람들이 근처로 오지 못하게 에테르를 자연스럽게 움직였다.

세현은 잠시 호올에게 시선을 두다가 다시 전장을 바라봤다. 사실상 싸움이라고 하기 어려운 광경이 눈앞에 펼쳐지고 있었다.

크라딧과 크라딧의 싸움.

휴먼인자가 활성화되면서 에테르 코어의 지배에서 벗어난 크라딧과 여전히 에테르 코어에게 휘둘리는 크라딧의 싸움이 눈앞에서 벌어지고 있었다.

한쪽은 죽이려고 달려들고, 다른 한쪽은 상대를 제압하려고 하는 싸움이었다.

에테르 코어의 지배를 받는 크라딧들은 포악한 공격성을 그대로 드러내며 정신을 차린 크라딧을 무자비하게 공격하고 있었다.

쿠르릉 콰광, 차르릉, 카가강! 카각! 쿠궁!

여기저기서 에테르가 변형된 불, 물, 바람, 번개, 얼음 등이 허공을 날아다니고, 그것을 막아서는 방어막들이 희끗희끗 모습을 보였다가 사라지곤 했다. 그리고 그렇게 방어막이 모습을 드러낼 때마다 폭발음과 에테르 충돌음이 퍼져 나오고 있었다.

그런가 하면 근접 무기를 사용하는 크라딧들은 또 서로 짝이라도 맞춘 듯이 맞붙어 싸움을 벌였다. 무기와 무기가 직접 부딪히며 충돌을 하기도 하고, 에테르를 두른 검기와 검강이 부딪혀 폭발하기도 했다.

하지만 그런 싸움은 뒤쪽에서 자리를 잡고 있는 색다른 크라딧들 때문에 일방적인 전투로 진행되고 있었다.

어느 정도 맞붙어 싸운다 싶던 적들이 어느 순간부터 몸을 비틀거리다가 땅바닥에 쓰러진다.

그러면 그 적은 더 이상 상대할 필요가 없는 대상이 된다.

쓰러진 적들은 오래지 않아서 정신을 차리고 한동안 정신적 충격으로 제대로 된 반응을 보이지도 못하는 상태가 된다.

에테르를 이용해서 만들어 낸 휴먼인자.

정확하게는 강력한 휴먼인자를 지니고 있는 대상의 에테르 생체구조를 카피한 것을 상대에게 덮어씌우는 기술 때문에 벌어지는 일이다.

그리고 지금 그 기술을 사용하는 이들은 세현도 올토아낙도 아닌 크라딧들이었다. 비록 한 명, 한 명이 세현이나 올토아낙처럼 많은 수를 상대할 수는 없지만, 대신에 기술을 사용할 수 있는 크라딧은 제법 많았다.

그리고 어느 정도 기술을 사용하다 지친 크라딧도 회복할 시간을 얻을 수 있으면 얼마 후에는 다시 기술을 사용할 수 있게 된다.

"이제 이 카미 필드도 이번 싸움으로 완전히 정리가 되는 것 같습니다. 대장님."

팀 미래로의 실질적인 리더 역할을 하는 현필이 세현 곁으로 다가온 것은 세현이 크라딧들의 싸움이 거의 끝이 났다고 생각할 무렵이었다.

크라딧들의 싸움은 초인인 세현이 굳이 끼어들지 않아도 이쪽의 승리로 끝이 났을 테지만, 세현은 가끔씩 희생자가 생길 것 같은 상황이면 어김없이 개입했다.

그래서 세현이 관여한 전투에선 양쪽 모두 희생자가 생기는 경우가 거의 없었다. 세현은 아군뿐만이 아니라 적이라 할 수 있는 크라딧의 희생에도 신경을 썼던 것이다.

"빠져나갈 놈들은 대부분 빠져나갔겠지. 우리가 이쪽에서 발이 묶여 있는 동안에 말이야."

세현이 중얼거렸다.

"그래도 카미 필드에서 정신을 회복한 크라딧의 수가 3만이 넘습니다. 정작 필드를 빠져나간 숫자는 2만이 안 될 거라는 예상입니다."

"설마하니 크라딧들이 통행증 없이 필드를 이동하는데 제약이 있을 거라고는 생각을 못했지."

세현은 카미 필드에서 숨바꼭질을 하던 크라딧을 떠올리며 말했다.

그들은 최대한 시간을 끌면서 기다렸다가 때가 되면 카미 필드와 연결된 이면공간으로 사라졌다.

따로 통행증이 필요하지도 않았고 또 고정된 통로를 쓰지도 않았다. 그저 때가 되면 통로가 열리고 그 안으로 몸을 던져 사라질 뿐이다.

문제가 있다면 그 통로는 정해진 숫자만 받아들일 수 있고, 다시 그 통로가 열리려면 많은 시간이 필요하다는 것이었다.

그래서 에테르 코어의 지배를 받는 크라딧들 일부는 이쪽과 싸우고, 나머지는 숨어서 때를 기다리는 방법을 썼다.

하지만 이제 그것도 끝이었다.

"그런데 이곳 카미 필드와 연결되는 이면공간이 넷이나 된다는데 어떻게 하실 겁니까?"

현필이 세현의 곁에서 전장 정리가 한창인 언덕 아래를 쳐다보며 물었다.

"남색 등급 이면공간으로는 우리가 가야겠지. 나머진 다른 토벌대에게 맡기고."

세현이 생각할 것도 없다는 듯이 말했다.

"그럼 올토아낙도 저희와 함께 움직이는 겁니까?"

"어차피 올토아낙은 나를 따라온 거니까. 뭐 이런저런 말들이 많기는 하지만, 정작 올토아낙이 화를 내면 제어할 능력도 없이 욕심만 부리는 거잖아. 신경 쓸 거 없지."

세현은 토벌대가 몇 개의 부대로 나뉘면서 올토아낙이라고 하는 초인 전력을 탐내는 이들이 있음을 알고 있었다.

하지만 그들이 뭐라고 하더라도 아직은 올토아낙을 자신의 곁에서 떼어 놓을 생각이 없는 세현이었다.

모두 지금의 올토아낙을 보면서 그가 인류의 친구나 동반자 정도로 생각을 하고 있는 듯했지만, 세현은 올토아낙 역시 에테르 기반 생명체임을 잊지 않고 있었다.

올토아낙이나 다른 세 폴리몬들이 세현에게 항복한 것은 다른 이유가 아니었다.

개체가 지니는 생존 욕구.

그것이 그들을 변하게 한 것이었고, 그 바탕에서 세현의 무력이 있었다.

지금이라도 올토아낙이 세현 일행을 떠나서 에테르 기반 생명체의 진영으로 돌아설 가능성은 충분했다.

비록 미도리의 영혼 파편에 영향을 받아서 큰 호감을 가지고 있기는 하지만, 그 역시 올토아낙과 미도리 사이의 개인적인 관계에 지나지 않는다.

"그럼, 어렵지는 않겠군요. 이번 토벌이."

현필은 얼굴에 엷은 미소를 지으며 말했다.

세현이 함께하고, 거기에 또 다른 초인인 올토아낙까지 더해지면 앞으로 팀 미래로에게 위험이 닥칠 가능성은 높지 않았다.

어찌 보면 세현에게 짐이 되는 것 같은 상황이지만, 그래도 목숨이 위험한 상황을 이어가는 것보다는 좋은 거라고 현필은 생각했다.

"그건 모르지. 크라딧들이 이대로 당하고만 있을 것 같지는 않으니까 말이야."

"그래도 대장님이 계시는데……."

"초인이란 경지가 대단하긴 하지만 올토아낙도 초인이지. 거기다가 내가 알기로 지구에서는 에테르 기반 생명체의 초인들이 활동을 할 수 없는 이유가 있지만, 이면공간에선 그것도 아니라고 하더군."

"그럼 이면공간에서는 에테르 기반 생명체의 초인들을 만날 가능성이 있다는 겁니까?"

현필이 세현의 말에 깜짝 놀라서 되물었다.

"충분히 그럴 수 있지. 더구나……."

세현은 중간에서 말을 멈췄다.

이번 지구의 사태는 아무리 생각해도 다른 행성들에서 일어났던 에테르 기반 생명체의 침략과는 궤를 달리하고 있었다.

형인 진강현이 천공기사가 된 것은 따지고 보면 에테르 코어가 지구의 행성 코어인 가이아를 공략하기 시작하고도 오랜 시간이 지난 후였다.

결국 지구가 침략을 당하고도 꽤나 많은 시간이 흐른 후에 지구 인류는 에테르 기반 생명체에 대항할 수 있는 수단을 가지게 된 것이다.

그것이 바로 천공기사였다.

진강현이 천공기를 얻게 된 것은 아직도 미스터리한 일이다.

가이아가 천공기를 만든 것도 아니었다.

천공기는 어느 순간 지구에 나타나 진강현의 손에 들어갔고, 이후에는 지구와 연결되어 있는 이면공간에서만 랜덤하게 등장했다.

지구와 이면공간을 드나들 수 있는 매개체, 그것은 지구와 직접 연결된 이면공간에서만 나타나는 것이었다.

그러니 그것의 존재 이유가 지구 인류에게 에테르 기반 생명체로부터 자신을 지킬 수단을 제공하기 위한 것으로 보는 것이 타당할 것이다.

세현은 그것이 이면공간을 관리하는 시스템의 힘일 거라고 생각하고 있었다.

"그런데 이상한 것은 다른 행성들에는 그런 경우가 거의 없다는 거지. 차라리 이면공간을 통해서 다른 이종족들을 파견해서 행성을 지키게 하는 방법을 썼지."

세현은 투바투보를 떠올렸다.

그곳은 전장이라 불리며 많은 이종족이 에테르 기반 생명체로부터 그 행성을 구하기 위해서 노력하고 있었다.

물론 전장 신청을 하기 위해서는 그 행성 출신의 이종족이 관리자에게 출신 행성을 전장으로 등록해 달라는 요청이 필요하다고 했다.

당연히 그러려면 관리자와 대면할 자격이 있어야 하는 것이고, 그것이 쉽지는 않은 일이란 소리도 들었다.

지금까지 대부분의 행성은 스스로 에테르 기반 생명체를 방어하거나 그것에 실패하면 전장 등록 신청을 했다.

하지만 전장 등록 신청을 할 자격을 갖춘 이가 없다면 끝내는 에테르 기반 생명체에게 행성을 빼앗기기도 했다.

세현은 그렇게 자신의 행성을 빼앗긴 이종족을 한두 번 본 것이 아니었다.

그런데 유독 지구의 양상은 다른 행성들과 다르다고 느끼고 있는 세현이었다.

문제의 핵심은 갑작스럽게 등장한 천공기.

그리고 그 천공기를 통해서, 정확하게는 진강현과 공아현을 통해서 알려진 이면공간 생성 프로젝트였다.

천공기는 시스템에 의해서 지구에 뿌려진 것이라면 이면공간 생성에 대한 것은 뭔가 숨겨진 비밀이 있을 듯했다.

진강현이 그 위험성을 알고, 내용을 모두 폐기했음에도 불구하고 불씨가 꺼지지 않고 이어져서 결국 프로젝트가 실현되었다.

거기다가 그 실험의 결과로 크라딧이 탄생했는데, 그 크라딧들은 일반적인 생명체를 에테르 기반 생명체로 바뀌는 현상을 보였다.

세현은 그게 중요하다고 생각했다.

뭔가 거대한 움직임이 지구를 중심에 놓고 이루어지고 있는데, 정작 지구 인류는 그것을 모르고 있는 것이 아닌가 해서 세현은 기분이 좋지 않았다.

'가이아도 알지 못하는 일이라면 도대체 어디에서 실마리를 찾아야 할까? 아직도 끝나지 않은 뭔가가 있는 것이 분명한데……'

세현의 고심이 깊어졌다.

크라딧 네트워크

"열세 개의 크라딧 필드는 지금 보는 것처럼 여러 이면공간으로 연결이 되어 있습니다. 그리고 그렇게 크라딧 필드를 연결하는 이면공간들은 모두가 에테르 기반 생명체들이 점령하고 있는 곳이라고 보면 됩니다."

반원의 공연장을 연상시키는 회의장 전면에 입체 영상으로 크라딧 필드와 이면공간들의 배열을 보여주며 이야기를 하고 있는 사람은 다름 아닌 재한이었다.

적어도 에테르 기반 생명체와의 전투나 이면공간 개척에 대해서는 세계의 어떤 길드보다 앞서 있는 것이 미래 길드였다.

그리고 그런 미래 길드를 실제로 이끌고 있는 사람은 세현이라기보다는 재한이라고 봐야 했다.

세현은 팀 미래로를 중심으로 굵직한 일들을 하고 있었지만, 미래 길드 전체를 아우르며 경영하는 것은 재한이었다.

어쨌건 천공 길드가 사라지고 태극 길드가 대한민국을 대표하는 길드로 한동안 자리매김을 하고 있었지만, 이제는 태극 길드를 밀어내고 미래 길드가 그 자리를 차지했다.

"지금 카미 필드를 완전히 확보하고 그곳을 거점으로 삼아서 여기서부터 이런 식으로 이면공간들을 공략해서 결국 다음 목표인 크라딧 필드 두 곳을 공략하는 것이 이번 토벌의 시작입니다."

고재한이 입체 영상으로 표시된 크라딧 필드와 이면공간의 한쪽을 확대해서 회의 참석자들에게 보여주며 말했다.

"듣기로는 크라딧들의 전력이 만만치 않다고 하는데 그 점은 어떻게 해결을 할 생각입니까?"

재한의 발표에 참석자 중에 한 사람이 거수를 하고 발언권을 얻은 후에 질문을 던졌다.

"우리들의 토벌 방법은 변함없이 크라딧들의 정신을 회복시켜서 우군으로 만드는 것입니다."

재한이 그렇게 말을 하자 참석자들 사이에 술렁거림이 생겼다.

재한의 대답이 질문에 대한 답으로 적합하지 않다고 느낀 것이다.

강한 전력을 상대하면서 그들의 희생을 최소한으로 하겠다는 토벌 방법은 무척 위험해 보일 수밖에 없었다.

"지금 우리와 뜻을 함께하는 크라딧의 수는 3만에 가깝습니다. 그리고 그들 중에서 에테르 기반 생명체들을 에테르 코어의 지배에서 벗어나게 할 수 있는 능력을 지닌 크라딧의 수가 천 명이 넘고 말입니다. 이게 무슨 뜻이냐 하면, 우리가 크라딧 천 명을 한 번에 상대한다고 해도, 지금 우리와 함께하는 인펙션 크라딧이 나서면 단번에 상대를 감염시킬 수 있다는 겁니다. 사실 그리 위험할 일도 아니지요."

재한은 참석자들의 술렁임을 진정시킬 수 있으리라 기대하며 인펙션 크라딧에 대해서 이야기를 했다.

인펙션 크라딧은 상대를 감염시키는 기술을 사용할 수 있는 크라딧을 구분하기 위해 붙인 명칭이었다.

심지어 크라딧도 화이트와 블랙으로 나누어서 정신을 차린 쪽을 화이트라 부르고, 그렇지 못한 쪽을 블랙 크라딧이라 부르고 있었다.

인펙션 크라딧은 화이트 크라딧 중에서 감염 기술을 익힌 크라딧을 말하는 것이다.

"더구나 이쪽에 있는 남색 등급의 이면공간은 우리 미래 길드의 마스터께서 직접 나서서 토벌을 진행할 생각이니, 다른 세 곳만 여러분들이 나서서 해결을 해주시면 되는 겁니다. 우리 미래 길드 홀로 한 쪽을 책임지는데 다른 세 방향을 여러분이 분담하는 것을 힘들다고 하지는 않으시겠지요?"

고재한의 이 말에 회의장은 침묵에 빠져들었다.

마음 같아서는 그냥 미래 길드에서 알아서 하라고 하고 싶지만, 크라딧 네크워크라고 명명된 크라딧 필드와 이면공간들을 그대로 미래 길드에 헌납할 수는 없었다.

그 필드와 이면공간들은 적잖은 가치를 지니고 있을 것이 분명했다.

그러니 어떻게든 공을 세워서 그것들에 대한 지분을 확보해야만 하는 것이다.

아무것도 한 것이 없으면서 지분을 요구할 수는 없으니 크라딧 토벌에 참가해야 하는 것은 당연했다.

더구나 블랙 크라딧을 화이트 크라딧으로 만드는 것도 무척 중요한 일이었다.

만약 그것이 위험하다고 반대하다가는 그 나라나 길드는 화이트 크라딧과 우호적인 관계를 맺기 어려울 것이다.

당연히 화이트 크라딧을 받아들여 주요 전력으로 사용하려는 입장에서는 절대 거부할 수 없는 이야기다.

조금 전에 재한의 발언에서 토벌 방법이 위험하다는 것을 느끼면서도 술렁임만 생기고 반론이 나오지 않았던 이유도 그 때문이었다.

"이번 회의는 사실상 남은 세 방향의 토벌대를 조직하기 위한 자리입니다. 따지고 보면 제가 이번 회의에 나설 자격은 없다고 봐야겠지요. 우리 미래 길드는 이미 토벌대 조직도 끝이 난 상태니 말입니다."

재한은 그렇게 말을 하고는 잠시 뜸을 들였다가 토벌대 조직에 대한 문제를 각 국가와 길드의 대표로 이루어진 참가자들에게 맡겼다.

그리고 한쪽 구석에 앉아서 그들이 벌이는 이전투구를 관찰했다.

[음. 이상해. 이상해.]

'팥쥐'가 세현에게 뭔가를 경고했다.

'무슨 일이야?'

평소 없던 일이라 세현이 심각한 표정으로 '팥쥐'에게 물었다.

지금 '팥쥐'는 햄스터 모양으로 세현의 어깨 위에 올라 앉아 있었다.

[에테르가 흘러. 음음.]

'팥쥐'가 주변을 두리번거리며 말했다.

세현의 곁에는 아무도 없었다.

세현은 공략 대상이 된 남색 등급의 이면공간에 먼저 들어와 서 정찰을 하는 중이었다. 곳곳에 몬스터와 마가스들이 돌아다 니는 모습이 보이고 있었다.

그런 중에 크라딧의 모습이 좀처럼 보이지 않는 것이 마음에 걸린 세현이 남색 등급 이면공간을 이 잡듯이 뒤지고 있는 중이 었다.

'에테르가 흐르다니? 조금 더 정확하게 말을 해봐. 그렇게 이 야기해선 알 수가 없잖아.'

세현이 '팥쥐'를 재촉했다.

[음음음. 카미 필드에서 여기로 에테르가 흐르고 있어. 이면 공간 통로를 통해서 에테르가 흘러와서 이렇게, 이렇게 흐르고 있는 거야.]

'팥쥐'가 세현의 눈앞에 에테르로 만들어진 평면도를 띄웠다.

'꽅쥐'가 마법진을 만들던 방법을 응용해서 카미 필드에서 들어온 에테르가 이곳 이면공간에서 어떻게 흐르고 있는지를 시각적으로 표현해 낸 것이다.

"마법진?"

세현은 눈앞에 떠오른 모습에 저도 모르게 그렇게 중얼거렸다. 카미 필드의 이면공간 통로에서 흘러나온 에테르가 이곳 남색 등급의 이면공간에서 일정한 통로를 따라서 흐르고 있었다.

'지금까지 이면공간들 사이에 에테르 교환이 있었나?'

세현이 '꽅쥐'에게 물었다.

[음음. 없어. 통로로 에테르 흐르지 않아. 통과할 때, 조금 섞이지만, 무시할 수 있는 수준이야. 음음.]

세현의 물음에 돌아온 '꽅쥐'의 대답은 역시나 세현도 이미 알고 있었던 그것과 같았다.

'이게 도대체 뭐지?'

세현은 뭔가 심각한 위기감을 느꼈다.

[음음. 살펴봐. 아직 많이 남았어. 음음.]

'꽅쥐'는 아직 완성되지 않은 에테르 통로들을 작은 팔로 가리켰다.

세현이 아직 남색 등급 이면공간을 모두 살피지 못했기 때문에 마법진의 일부만 드러난 모습이라고 할 수 있었다.

'일단 이곳에 있는 마법진 전체 모습이라도 한번 확인을 하

자. 그리고 다른 세 방향의 이면공간에 있는 마법진의 모습도 확인을 해야겠어. 그전까지는 토벌이고 뭐고 중지해야 해.'

세현은 그렇게 결심을 하고는 다시 몸을 날렸다.

그 후로 세현은 최대한 빠르게 에테르가 흐르는 통로들을 확인하고 전체적인 모습을 확인하는데 신경을 썼다.

*   *   *

"그게 무슨 소리야? 토벌을 중지해야 할지도 모른다니?"

고재한이 세현이 미래 길드 본부로 찾아왔다는 말에 반갑게 뛰어 나왔다가 뜬금없는 소리를 듣고는 목소리를 높였다.

"이걸 봐라."

세현이 허공에 뭔가를 그려냈다.

재한은 그것이 에테르가 응집된 강기라는 것을 알고는 깜짝 놀랐다.

세현이 만들어 낸 것은 정교하고 복잡하기 짝이 없는 기하학적은 평면 도형들의 집합이었다.

"…이거, 마법진이냐?"

재한이 세현을 보며 물었다.

"아직 정확하게 뭔지는 모르겠다. 하지만 여기 에테르가 흐르고 있으니 마법진일 거라고 짐작하고 있지. 거기다가 이게 전부가 아니다. 이것들도 있지."

세현의 말과 함께 세 개의 마법진이 더 생겼다.

"이건 뭐냐? 이 네 개가 하나로 묶였어?"

재한이 새로 나타난 세 개의 마법진과 그전에 세현이 만들었던 넷이 하나로 연결이 되는 것을 보며 물었다.

네 개의 마법진은 하나의 원에 연결이 되어 있는 모습이었다.

"이게 카미 필드다."

그런데 세현은 그 원을 가리키며 그것이 카미 필드라고 말했다.

"그럼 이거, 설마?"

재한은 세현의 말을 듣자마자 뭔가 알아차린 듯이 깜짝 놀란 표정으로 세현을 바라봤다.

"그래, 카미 필드와 연결되어 있는 네 곳의 이면공간, 거기에 이런 마법진이 펼쳐져 있다. 거기다가 카미 필드에서 흘러나온 에테르가 이 마법진을 통해서 또 다른 이면공간으로 흘러가고 있지."

"세상에……."

고재한은 세현의 말에 현기증이라도 느낀 듯이 이마를 짚으며 소파 등받이로 상체를 무너뜨렸다.

"열세 곳의 크라딧 필드. 그중에서 열둘이 주변에 있고, 가운데에 천공 필드 하나가 있어. 그런데 문제는 열두 곳의 필드에서 나온 에테르가 천공 필드로 이런 마법진을 통과해서 전해지고 있다는 거지."

세현이 그런 재한에게 단호한 음성으로 말했다.

거짓이나 꾸밈이 없다는 사실을 명확하게 전하려는 음성이었다.

"크라딧 네트워크. 그 거대한 것이 하나의 마법진을 만들고 있는 거라고? 그게 말이 되나?"

재한은 믿기 어렵다는 듯이 세현을 보며 물었다.

"정확하게 어떤 건지는 나도 몰라. 하지만 계속해서 확인을 해볼 필요는 있다고 본다. 적어도 카미 필드에서 천공 필드로 가는 길에 있는 이면공간들은 모두 살펴봐야겠지. 그 사이에 있는 마법진을 전부 파악하면 적어도 이 거대 마법진의 십이분의 일은 확인을 하는 거니까, 그 부분을 가지고 전체 마법진을 유추해 보는 것은 가능하지 않을까 싶다."

"마법진의 일부를 알아낸 후에는? 도대체 그걸 가지고 누구에게 마법진 전체의 모습을 물어볼 건데?"

재한이 세현에게 물었다.

"누구랄 것도 없지. 우리가 알고 있는 모든 이종족에게 확인을 해야지. 특히 마법진에 능통한 종족들을 수배하는 것도 중요하고."

"그럼 결국 토벌은? 불가능하다는 거냐?"

"너는 어떻게 생각하냐? 지금 상황에서 토벌대를 마법진 위로 밀어 넣고 싶냐?"

세현이 재한을 보며 물었다.

"그건… 아니겠군."

재한이 떫은 감을 입에 문 표정으로 말했다.

"하지만 겨우 구성한 토벌대를 해체하거나 놀릴 수는 없으니까 미국과 프랑스 쪽에서 발견된 크라딧 필드를 공략하는 쪽으로 일을 진행해 봐라. 첫 교두보는 나하고 올토아낙이 만들어줄 테니까."

세현이 선심을 쓰듯이 재한에게 말을 했고, 재한은 그런 세현을 보며 힘없이 고개를 끄덕였다.

"일이 우습게 된 거네? 그래서 넌, 그렇게 미국하고 프랑스 쪽 크라딧 필드 공략의 방아쇠만 당기고 다시 천공 필드로 가는 이면공간을 뒤지겠다는 소리냐?"

재한은 세현이 마법진의 일부라도 제대로 파악을 하겠다고 했던 말을 기억하며 말했다.

"이번 일이 아주 불안하게 느껴진다. 그러니 어쩔 수 없이 조금이라도 빨리 나서야지."

재한은 세현의 표정이 평소보다 훨씬 굳어 있음을 깨닫고는 입을 다물었다.

"뭐, 짐작이 되는 거라도 있는 거냐?"

재한이 혹시 하는 마음에 물었다.

"아니, 아직은 없다. 하지만 만약에 그런 일이 일어난다면 얼마나 끔찍할까 하는 생각을 하고 있는 것은 있지."

"그게 뭔데?"

"아직은 입 밖으로 꺼내기 싫다. 정말 끔찍한 일이 될 테니까."

세현은 더는 말하지 않겠다는 듯이 눈을 감아버렸다.

오랜만이네, 유길성

크라딧 네트워크의 엄청난 마법진에 대한 이야기는 알게 모르게 인류에게 경악과 충격을 심어주었다.

　—이토록 거대한 마법진은 말이 되지 않습니다. 이것은 미래 길드 마스터인 진세현 천공기사가 착각을 한 것이 분명합니다.

　—아직까지 조사단의 조사 결과가 나오지 않았지만, 제가 아는 익명의 제보자에 의하면 일부 기감이 뛰어난 천공기사나 헌터들 중에서 진세현 천공기사가 이야기한 에테르의 흐름을 일부 감지한 경우가 있다고 합니다.

　—크라딧 네트워크 전체에 걸쳐 있는 이런 정도의 마법진이라면 지구를 몇 번은 두를 수 있는 규모입니다. 솔직히 그런 마법진이 존재한다는 것은 믿기 어렵습니다. 하지만 만약 그것이 정말 존재

하고 있다면 도대체 그 마법진을 유지하는 에너지, 그 에테르는 어디에서 나오는 것일까요?

─마법진으로 흐르는 에테르는 각 크라딧 필드에서 흘러나오는 것임을 미래 길드 마스터 진세현이 분명하게 밝혔습니다. 문제는 그 마법진이 아직 발동이 되지 않은 상태일 가능성입니다. 지금은 그저 예비 상태로 에테르를 흘리고 있는데, 만약 그건 거대 마법진이 발동을 한다면 그에 필요한 에테르란 얼마나 많을지 상상도 되지 않을 정도입니다.

─마법진의 에테르가 크라딧 필드에서부터 흘러가고 있는 것이라면 크라딧 필드를 폐쇄하는 것이 최선의 방법이 아닐까? 에너지 공급원을 없애면 문제는 해결되는 것이라고 본다.

─열두 개의 크라딧 필드에서 에테르가 공급되는 상황에서 하나의 크라딧 필드를 파괴하는 것으로 얼마나 효과가 있을까. 지금까지 우리 인류가 확보한 크라딧 필드에 대한 정보는 고작 셋이다. 천공 필드를 제외한 나머지 아홉 곳의 크라딧 필드에서 마법진에 충분한 에테르를 공급할 수 있다면 문제는 심각해진다. 우리들은 이미 확보된 카미 필드에서부터 본격적으로 크라딧 필드를 공략할 필요가 있다.

─아직은 마법진의 실체도 제대로 밝혀지지 않은 상태다. 하지만 그 마법진이 무척 위험한 것일 가능성이 높다면 인류의 안전을 위해서도 진상을 규명해야 할 것이다.

"시끄럽겠어."

[음? 뭐가?]

"뭐가 시끄럽겠다는 거지?"

세현의 중얼거림에 '꽐쥐'와 올토아낙이 동시에 세현을 보며 물었다.

"지구 말이야. 한창 떠들고 있겠어."

"그야, 세현이 던진 돌이 워낙 크잖아. 이런 규모의 마법진이라니. 자그마치 백 개가 넘는 이면공간을 합쳐서 만들어진 마법진이라고. 그중에서 남색 등급만 서른 개에 가까워. 상상을 초월하는 거지."

올토아낙이 당연하다는 듯이 대꾸했다.

그의 목소리에 호들갑스러운 느낌은 없었지만, 마법진의 규모에 대해서는 크게 놀라는 빛이 역력했다.

"뭐 알고 있는 건 없는 건가?"

세현이 올토아낙에게 물었다.

"없지. 거기다가 이곳에서 벌어지고 있는 일은 전혀 전해지는 내용이 없어. 어머니인 에테르 코어가 전하는 의지도 기본적인 것밖에 없고. 특이하게 크라딧이라는 이들에게 전해지는 의지는 내게 전해지지 않는 것 같더군."

올토아낙은 그렇게 말을 하며 이상하다는 표정을 감추지 않왔다.

"원래는 어떤데?"

"뭐 어떻긴, 우리 폴리몬들은 너희가 말하는 에테르 기반 생명체들 중에서는 최상급의 존재라고. 당연히 어머니가 발하는 의지는 원하면 모두 들을 수 있지. 물론 우리들에게 전해지는 것 이외에는 별로 신경을 쓰지 않지만."

"그런데 이쪽에선 그게 안 된다고?"

"안 된다는 것보다는 거의 없어. 어머니의 의지가 고정되어 전해지고 있다고 할까? 다른 생명체에 대한 적대적인 의지. 거기에 더해서 이성을 지닌 다른 생명체를 우선적으로 공격하게 하는 그런 내용이지."

"그래? 크라딧에 대한 것은 없고?"

세현이 다시 확인하듯 물었다.

"그게 이상하다는 거지. 어머니의 의지가 크라딧들에게 전해지고 있을 텐데 그걸 내가 알지 못한다는 거 말이야."

"하지만 화이트 크라딧들도 마찬가지인 것 같던데?"

세현도 이상하다는 듯이 말했다.

"뭔가 피아를 구별해서 의지를 전하는 어떤 방법이 있다고 봐야겠지."

결국 올토아낙의 결론은 그렇게 나왔고, 세현도 그럴 거라고 생각을 정리했다.

*   *   *

세현은 카미 필드에서 올토아낙과 함께 출발해서 네 번째 이면공간에 들어섰다.

그리고 그동안 알아낸 정보에 의하면 그 이면공간이 천공 필드로 통하는 통로가 있는 곳이었다.

"남색 등급의 이면공간인데 의외로 에테르 농도가 짙은데?"

세현은 이면공간 통로를 나오자마자 느껴지는 에테르의 농도에 살짝 고개를 갸웃거렸다.

"그렇군. 마치 보라색 등급의 이면공간처럼 에테르가 짙어."

올토아낙도 세현과 같은 느낌을 받았던 모양인지 세현의 곁으로 다가서며 동감을 표했다.

[음음. 천공 필드에 가까워질수록 에테르가 많아진 거야. 음음. 그런데 여긴 특별하게 많아.]

그때, '팥쥐'가 세현에게 그 동안 지나온 이면공간의 에테르가 조금씩 많아지고 있었다고 했다.

'정말이야? 천공 필드로 올수록 에테르의 양이 늘었어?'

[음. 맞아. 이면공간 등급에 맞지 않게 조금씩이라도 에테르 농도가 짙었던 건 분명해. 음음음.]

'그렇다면 혹시?'

세현은 급하게 몸을 허공에 띄워서 주변을 살폈다.

"무슨 일이지?"

그의 곁으로 올토아낙이 몸을 띄워 따라붙으며 물었다.

"마법진! 여기 마법진은 굉장히 강력한 에테르를 품고 있어. 이건……."

세현은 말을 멈추고 생각을 정리하기 시작했다.

"이 마법진은 어쩌면 지금 충전을 하고 있는 것일지도 몰라."

"충전이라고?"

"에테르를 어디서 끌어와서 마법진을 발동시키는 것이 아니라, 마법진에 에테르를 조금씩 쌓은 후에 그것이 모두 채워지면 마법진이 발동되는 방식이라면……."

세현은 조금 더 높은 곳으로 올라가서 자신의 감각이 닿는 영역 안쪽의 마법진들을 좀 더 자세하게 살폈다.

그리고 한참의 시간이 지났을 때, 세현은 자신의 생각이 옳을 거란 확신을 가질 수 있었다.

세현이 있는 이면공간의 마법진은 확실히 에테르를 축적하고 있었다. 지금도 세현이 지나온 이면공간 통로를 통해서 들어오는 에테르가 차곡차곡 마법진에 쌓이는 중이었다.

비록 마법진의 규모에 비해서 그 에테르의 양이 적기는 하지만 소비되는 에테르가 거의 없는 상태에서 적은 양이라도 계속 쌓이다 보면 언젠가는 넘치게 마련이다.

"도대체 이 마법진은 뭐지?"

세현이 마법진에 대해서 다시 한 번 궁금하게 생각하고 있을 때, 멀리서 다가오는 기척이 세현의 감각에 잡혔다.

그리고 오래지 않아서 올토아낙 역시 그들을 향해 다가오는 기척을 감지해냈다.

"누가 오는데?"

"하나가 아니야. 떼로 몰려오고 있군."

세현이 올토아낙의 말을 수정해 줬다.

앞서 다가오는 기척 뒤로 엄청난 숫자의 기척이 뒤따르고 있었다.

"아, 그렇군. 많은데?"

올토아낙도 그것을 알아차리고 조금 긴장한 표정을 지었다.

하지만 겁을 먹거나 하는 모습은 아니었다.

초인의 영역에 있는 이를 그보다 격이 떨어지는 이들이 어떻게 할 수 있으리라곤 생각지 않는 것이다.

"내려가지."

세현은 올로아낙을 이끌고 땅 위로 내려섰다.

허공에 떠 있으면 지금 다가오는 이들을 맞이하기 어려울 거란 생각이 들었기 때문이다.

세현은 이제 자신들을 향해서 다가오는 이들이 크라딧이란 사실을 파악하고 있었다.

세현의 감지 영역 안으로 가까워질수록 더 세밀하게 상대를 알아차릴 수 있는 것은 당연했다.

"으음."

세현은 멀리서 다가오는 사람의 모습을 뚫어져라 쳐다보다가 살짝 신음을 흘렸다.

'유길성이라고 했던가?'

세현은 오랜 기억 속에 복도에서 스쳐 지나듯 보았던 사내의 모습을 떠올렸다.

지금 세현과 올토아낙이 있는 곳으로 다가오는 이는 바로 그였다.

"역시 침입자가 있었군."

유길성이 세현과 올토아낙의 전방 20미터 정도까지 다가와서 둘을 살피며 말했다.

"천공 길드의 간부였던 것 같은데, 완전히 에테르 기반 생명체가 되었군."

세현이 그런 유길성을 보며 말했다.

"왜, 그냥 블랙 크라딧이라고 부르지? 요즘은 우리를 그렇게 부른다며?"

유길성은 세현의 말에 도리어 이죽거리는 표정으로 말했다.

"그래, 블랙 크라딧. 그중에서도 핵심이랄 수 있는 천공 길드의 간부. 유길성, 이렇게 보게 될 줄은 몰랐는데?"

"나를 아나? 내가 아는 얼굴이 아닌데?"

유길성은 세현에 말에 혹시 아는 사이인가 싶은 표정으로 물었다.

"아, 그때는 내가 가면을 쓰고 있었지. 페르소나로 있었으니 모르는 것이 당연하겠지. 하지만 나는 당신을 봤지."

"그런가? 그런데… 너는 누구지?"

유길성이 세현을 보며 물었다.

이제 그의 등 뒤로는 적잖은 숫자의 크라딧이 도열하고 있었다.

"너희가 제일 경계해야 할 사람. 그게 나야."

세현은 수적인 우세를 믿고 어깨에 힘을 주는 유길성에게 피식 웃음을 보이며 말했다.

"우리가 경계해야 할 놈 따위는 없……."

유길성은 세현에게 고함을 지르다가 뭔가 느낀 모양인지 입을 다물고 세현을 뚫어져라 바라봤다.

"그, 그렇군. 그 얼굴! 확실히 진강현, 그놈의 흔적이 있는 것 같구나. 진세현! 넌 진세현이구나!!"

유길성이 고함을 질렀다.

그 고함소리는 뒤로 갈수록 비명처럼 변했다.

세현이 초인이란 사실을 떠올린 것이다.

쿠우우우우우웅!

유길성이 고함을 지르는 순간 세현의 기세가 엄청난 힘으로 크라딧들을 찍어 눌렀다.

조금 전까지는 그저 초인의 영역을 차지하고 퍼져 있던 에테르였을 뿐인데, 이 순간 세현의 의지를 받아들여서 크라딧들을 압박하는 수단이 되었다.

"크윽! 이런!"

순간 크라딧들은 모두가 깜짝 놀랐다.

삼백에 가까운 숫자의 크라딧이 세현, 한 사람의 기운에 눌려 버린 상황이었다.

그리고 그 순간 세현의 앙켑스 에테르가 퍼져 나갔다.

세현의 앙켑스 에테르는 곁에 있는 올토아낙이 가지고 있는 휴먼인자의 카피였다.

그것이 순식간에 크라딧들의 에테르 생체구조 안으로 파고들었다.

그러자 수많은 크라딧이 바닥에 쓰러져 뒹굴기 시작했다.

"마, 막아! 죽여! 어서!"

그런데 의외의 상황이 뒤를 이었다.

분명히 세현의 앙켑스 에테르에 당했는데도 불구하고 백여 명의 크라딧이 영향을 받지 않고 버텼던 것이다. 그리고 도리어 쓰러져 뒹구는 동료들을 향해서 공격을 시도했다.

물론 그 시도는 세현에 의해서 막혔다.

이미 주변의 에테르들은 세현에게 장악된 상태였다.

아무리 세현의 앙켑스 에테르에 영향을 받지 않았다고 하더라도 에테르까지 제멋대로 사용할 수 있는 상황은 아니었다.

"이게 어떻게 된 거지?"

하지만 휴먼인자에 영향을 받지 않는 이들이 있다는 사실은 무척 놀라울 수밖에 없었다.

"제기랄! 재수가 없어도 어떻게 이렇게 없어! 왜 내가 여기서 너 같은 놈을 만나야 하느냐고! 대업을 이루지 못하고 이렇게… 이렇게 가야 한단 말이냐!!"

유길성이 놀라는 세현을 바라보며 고함을 질렀다.

"에테르 코어의 지배를 받지 않고 있었던 거냐?"

세현이 그런 유길성에게 물었다.

휴먼인자는 에테르 코어의 지배를 받는 이들에게 쓸모가 있는 것이었다. 그런데 그것에 영향을 받지 않는다는 이야기는 그 대상이 에테르 코어의 지배에서 벗어나 있는 존재란 뜻이 된다.

그리고 그것은 몸 안에 에테르 코어의 지배를 당연하게 받아들이도록 만드는 조직이 없다는 말이기도 하다.

그러니 세현의 공격이 효과를 보지 못하는 것이리라.

Chapter 5

크라딧 탄생의 비화

"크크크, 그게 뭐? 에테르 코어의 지배? 어째서 그게 당연하다고 생각하는 거지? 우리가 에테르 코어의 노예가 되기 위해서 그 짓을 했을 거라고 생각하는 거냐? 우리는 영원한 생명을 얻는 것에 관심이 있었지, 누구의 노예가 되는 것에는 관심이 없었다."

유길성이 비틀린 표정으로 세현을 바라보며 말했다.

그는 이미 초인인 세현의 손에서 벗어날 수 없다는 사실을 인정한 듯 체념한 듯한 표정을 숨기지 않고 있었다.

"결국 그 말은 너희 같은 일부가 다른 크라딧들을 제물로 삼았다고 봐야겠구나."

세현이 유길성을 노려보며 말했다.

많은 크라딧들이 에테르 코어의 노예가 되었는데 유길성은 '자신들'은 그에 속하지 않는다고 말했다.

그것은 곧, 유길성이 속한 무리는 에테르 코어의 지배에서 벗어날 방법을 처음부터 가지고 있었다는 이야기일 것이다.

"세상은 모두 그런 것이 아니냐. 소수의 엘리트가 멍청한 다수를 이용해 먹는 거지. 크크큭."

"그래서 너희들 소수가 많은 사람들을 희생시켜서 얻은 것이 뭐냐? 그 알량한 에테르 생체구조? 그걸로 영원한 생명을 얻는 것? 아니면 그 몸으로 에테르 능력을 극한으로 끌어 올린 거?"

세현이 다시 유길성을 보며 물었다.

"그래! 그거다. 우린 그게 필요했다. 영원한 생명을 얻고, 거기에 더해서 누구보다 강한 힘을 얻고자 했다. 그리고, 그리고 우린 성공했다. 크크, 너는 네가 굉장히 대단한 존재라고 생각하겠지만 초인? 그게 뭐가 그렇게 대단하단 말이냐? 우리들 중에도 그 영역에 발을 디딘 이들이 몇 명이나 있다. 잘난 척하지 말란 말이다!"

유길성이 세현을 보며 고함을 질렀다.

그런 그의 얼굴에는 숨기지 못한 열등감이 드러나 있었다.

세현은 유길성의 말이 사실일 거라는 생각이 들었다.

진정으로 유길성이 포함된 무리 속에 초인이 된 이들이 있을 거란 생각이 들었다.

아직까지 그들이 모습을 드러내지 않는 이유가 궁금하지만 유길성이 거짓말을 하는 것은 아닌 것 같았다. 자신이 그 초인 들 속에 포함되지 못한 것에 저토록 열등감을 느끼는 모습을 보이는 것으로 충분히 확신을 할 수 있었다.

"너희들, 그러니까 배반의 크리스마스 실험을 주도했던 너희 가 처음부터 너희들의 몸이 그런 식으로 변할 거라는 사실을 알고 있었던 거였군. 그리고 에테르 코어의 지배에서 벗어날 수 있는 수단도 가지고 있었고."

세현이 유길성에게 조금이라도 더 정보를 얻기 위해서 말을 걸었다.

"크큭, 이미 말하지 않았나? 우린 우리가 원하는 것을 얻기 위해서 계획을 세웠고 또 성공했다고. 우리는 에테르 생체구조 를 가지게 되었고 그 덕분에 에테르에 대한 탁월한 감각을 지니 게 되었다. 거기다가 제법 많은 숫자의 노예를 에테르 코어에게 제공하고 동맹을 맺을 수도 있었지."

"어떻게 너희들만 에테르 코어의 지배에서 벗어날 수 있었던 거지?"

세현은 그것이 궁금했다.

"크큭, 네가 멍청한 노예들을 다루는 방법과 비슷하지. 우리는 몸이 조금씩 변할 때부터 에테르 코어의 명령을 받아들이는 신체 조직이 몸 안에 만들어지지 않도록 조절했다. 아주 느리게 진행되는 신체 변화에서 몸이 구축되는 중에 에테르 코어의 지배를 받아들이는 신체 조직만 빼낼 수 있다면 모든 것은 해결이 되는 거지."

"으음. 그게 가능하려면 너희들은 처음부터 에테르 기반 생명체의 몸 안에 있는 그 기관을 알고 있었다는 말이군."

"흐흐훗, 그렇지. 그야 당연하지 않나?"

"도대체 그런 정보를 어디서 얻은 거지? 그리고 그 실험을 위한 자료들은?"

"그걸 내가 왜 알려줘야 하지? 키키킷. 아, 미안. 솔직히 말하면 나도 몰라. 실험에 대한 정보는 길드 마스터의 손에서 나온 거니까. 그게 어디서 나왔는지는 절대 말하지 않았지. 솔직히 그걸 알 필요는 없지 않나? 원하는 것만 얻을 수 있다면 말이야."

"그렇다면 어째서 다른 모든 크라딧에게 에테르 코어의 지배를 벗어날 수 있는 방법을 알려주지 않은 거지? 굳이 많은 사람들을 에테르 코어의 노예로 바칠 이유가 있었나?"

세현은 이해할 수 없다는 듯이 물었다.

그 질문에는 은은한 분노가 스며 있었다.

"멍청하긴, 우리가 처음부터 지금처럼 강력한 힘을 지니고 있었다고 생각하는 거냐? 실험 직후에 우리들은 그리 대단할 것이 없는 상태였다. 도리어 지구에 있을 때보다도 약해진 경우가 더 많았지. 그런 상황에서 우리를 보호할 방법이 필요했고, 그 보호자로 에테르 기반 생명체를 택했을 뿐이다. 어차피 같은 일족이 될 거였으니 그것도 나쁘지 않은 거라 생각했지. 까짓 희생자들 따위야 우리가 알게 뭐란 말이냐?"

세현은 유길성의 말에 살짝 한숨을 쉬었다.

소수의 엘리트가 다수의 군중을 이끄는 것은 인류의 역사에서 오래전부터 이루어져 왔던 지배 구조였다.

그리고 대부분 소수의 엘리트는 다수의 군중을 희생시켜서 자신들의 이익을 도모했다.

따지고 보면 지금 유길성이 말하는 것도 그 범주에서 벗어나지 않는 것이기는 하다.

하지만 유사 이래로 계속 그렇게 반복되어 왔던 일이라고 해서 곧 그것이 순리라도 할 수는 없는 일이다.

잘못된 것이 반복되었을 뿐, 잘못은 잘못이다.

그런 의미에서 유길상이 포함된 소수의 크라딧, 세현이 어퓨 크라딧이라 이름 붙인 패거리의 작태는 도저히 묵과할 수가 없는 것이었다.

적어도 세현이 보기엔 그랬다.

콰과과과과과과!

"크으윽!"

"어억!"

"컥!"

세현은 본격적으로 크라딧들을 제압하기 시작했다.

세현의 의지가 깃든 에테르들이 삼백에 가까운 크라딧 모두의 움직임을 제약했다.

"크크큭, 어쩔 거냐? 우릴 모두 죽일 거냐?"

그런 세현의 행동에 유길성이 비웃는 표정으로 세현을 보며 물었다.

그리고 그 순간 세현은 깨달았다.

지금의 결정이 이후에 크라딧들, 그중에서도 어퓨 크라딧을 상대할 때의 기준이 되리란 사실을.

"주, 죽인다!"

푸욱!

"커억!"

세현이 잠시 고민을 하는 동안에 뜻밖의 사태가 벌어졌다.

세현의 휴먼인자 앙켑스 에테르에 감염이 되어 쓰러졌던 크라딧 하나가 화이트 크라딧으로 깨어나 어퓨 크라딧의 목에 칼을 박아 넣은 것이다.

그것은 에테르를 이용한 것이 아니었다.

이미 에테르는 세현에 의해서 철저하게 묶여 있는 상황이었다.

그러니 오직 육체적인 힘만으로 어퓨 크라딧의 목에 칼을 박은 것이다.

"이, 이게……."

"개새끼들, 우릴 노예로 팔았다고? 너희들의 이익을 위해서? 죽어, 개새끼야! 죽어라!"

"크르륵 크륵, 그, 크륵, 만……."

목에 칼이 박히고도 즉사하지 않은 상대를 죽이기 위해서 검을 이리저리 비틀어대자 목을 찔린 크라딧은 힘도 쓰지 못하고 애처롭게 사정을 했다.

온몸이 에테르 생체구조로 되어 있는 크라딧들은 목이 찔린 정도로는 쉽게 죽지 않았다.

그들은 에테르 기반 생명체들처럼 신체를 구성하는 에테르 통로가 일정 이상 파괴되어야 죽음을 맞이했다.

몸을 구성하고 있는 에테르 생체구조, 그 안에 에테르가 흐르는 통로들이 있고 또 에테르가 뭉쳐 있는 곳도 있었다.

그것들이 일정 이상 무사하다면 쉽게 죽지 않는 것이 에테르 기반 생명체고, 크라딧 역시 그에 속하니 목에 칼이 들어온 정도로는 죽지 않는 것이다.

"죽어엇!!"

"커억!"

하지만 결국 목이 너덜너덜해질 정도로 잘리고도 살아 있을 수는 없다.

특히 인간형으로 생긴 에테르 기반 생명체들은 대부분 인간의 약점과 비슷한 위치에 급소를 지니고 있었다.

그래서 크라딧 역시 목에는 에테르가 흐르는 굵은 통로들이 머리와 몸을 연결하며 지나고 있었고, 그것이 잘려나간 이상 살아날 수가 없었다.

"죽여라! 개새끼들!"

"죽여 버려!"

"우릴 팔아먹었어! 죽여 버리자!"

"우아아아아!"

"커어걱!"

"이것들이! 노예 따위가!"

"죽여!"

한 명의 크라딧이 죽은 직후에 크라딧들 사이에는 혼전이 벌어지기 시작했다. 애초에 세현의 휴먼인자 앙켑스 에테르에 크라딧들이 감염되어 쓰러지자 영향을 받지 않았던 어퓨 크라딧들은 쓰러진 동료들을 죽이려 했었다. 쓰러진 감염자들이 정신을 차리게 되면 화이트 크라딧이 될 확률이 높다고 여겼기 때문이다.

그런데 세현은 쓰러졌던 크라딧들이 정신을 차리고 깨어날 시간을 주게 되었고, 이제는 서로가 비슷한 전력으로 맞서게 되었다.

세현은 크라딧들의 싸움을 보면서 잠시 망설이고 있었다.

마음만 먹으면 모두의 행동을 멈출 수 있었다.

하지만 어퓨 크라딧에 대한 처우를 결정하지 못한 상황이라 멈칫거렸다.

하지만 화이트 크라딧 중에서 희생자가 나오기 시작하자 세현이 급하게 크라딧의 싸움에 개입했다.

"멈춰!"

세현이 고함을 지르며 크라딧 전체의 움직임을 봉쇄했다.

"서로 떨어져라. 너희는 이쪽, 너희는 저쪽."

세현이 화이트 크라딧과 어퓨 크라딧을 좌우로 갈라놓았다.

처음 휴먼인자 앙켑스 에테르에 영향을 받지 않았던 이들을 구별해 내는 것은 '팥쥐'의 도움으로 충분히 가능했다.

'팥쥐'의 기억력은 조금 전에 있었던 상황을 영상으로 찍어놓은 듯이 정확하게 당시를 재현할 수 있을 정도였다.

세현의 개입으로 싸움은 중단되었다.

하지만 제정신을 차린 크라딧, 이젠 화이트 크라딧이라 불러야 할 이들은 반대편에 있는 이들을 갈아 마시겠다는 듯이 살벌한 눈빛으로 노려보고 있었다.

"유길성, 내가 어떻게 할 거냐고 물었나?"

세현이 유길성을 보며 물었다.

그의 목소리는 모두의 귀에 뚜렷하게 들렸다.

"크크. 그래, 어쩔 거지? 우릴 전부 죽일 건가?"

유길성은 세현이 어퓨 크라딧이라 이름 붙인 이들을 모두 죽이는 선택을 하기가 쉽지 않다고 생각했다.

적어도 한 때, 인간이었던 이들이고 이성을 지니고 있는 이들이 아닌가. 그런 생명을 한 둘도 아니고 다수를 거두는 일은 쉽게 결정할 수 있는 일이 아니라 여겼다.

"유길성, 나는 지금까지 몬스터는 물론이고 마가스와 폴리몬을 여럿 상대했었다. 거기다가 같은 인간의 생명을 거둔 경험도 적지 않다. 그런 내가 너희들 크라딧을 죽이는 것을 망설일 거라고 생각하는 거냐?"

세현은 차갑게 식은 눈빛을 유길성을 쳐다봤다.

그리고 그 순간 유길성은 자신의 예상이 전혀 맞지 않았음을 분명하게 알 수 있었다.

세현이 그들을 바라보는 눈빛에는 그들을 인간으로 생각하는 기색이 전혀 없었다.

"…우릴 모두 죽이겠다는 거군."

유길성의 눈빛에 절망이 깃들었다.

"뭐, 내가 알고 싶은 것을 알려준다면 몇 명 정도는 살려줄 수도 있다."

그런데 그 순간 세현의 입에서 어퓨 크라딧들에게 희망이 될 수 있는 말이 흘러 나왔다.

"살려줄 수도 있다고?"

유길성이 물었다.

"그래."

"뭐, 뭘 알고 싶다는 거냐?"

유길성이 물었다.

적어도 이곳에 있는 어퓨 크라딧 중에서 유길성의 지위가 제일 높았고, 당연히 알고 있는 정보도 제일 많았다.

그러니 세현이 알고 싶은 것을 팔아서 목숨을 부지할 가능성이 제일 높은 것도 유길성이었다.

유길성의 눈빛에 다시금 새하얀 희망이 깃들기 시작했다.

"열두 개의 크라딧 필드와 중앙에 있는 천공필드를 연결하는 백여덟 개의 이면공간이 있지. 그런데 그 이면공간에 특별한 에테르의 흐름이 있었다. 나는 그것이 거대한 에테르 마법진이라고 생각하는데 말이야."

세현은 말을 하며 유길성과 어퓨 크라딧들의 표정을 살폈다.

당연히 모든 사람들의 표정을 세현이 한꺼번에 살필 수는 없기에 '팥쥐'의 도움을 받았다.

자신의 이야기에 동요하는 이들이 있는가 알기 위한 것이었다.

세현은 그 결과에 희미하게 웃음을 지었다.

후퇴!

"나는 그 마법진이 무척 궁금한데, 내 궁금증을 풀어줄 누군가가 있을까? 내 궁금증을 풀어줄 수 있다면 약속하건데 이 자리에서 무사히 떠날 수 있게 해주겠다."

세현은 그렇게 말을 하며 조금 전에 파악했던 몇몇의 어퓨크라딧을 살폈다.

그리고 그들의 표정에서 망설임을 읽어냈다.

'뭔가 있어. 분명히.'

세현은 그렇게 생각하며 느긋하게 반응을 기다렸다.

하지만 조금 시간이 지나자 뭔가 어긋나고 있다는 사실을 깨달았다. 마법진에 대해서 알고 있을 것으로 짐작되는 이들의 얼굴에서 체념의 표정이 떠오른 것이다.

'왜지? 왜 죽음을 받아들이겠다는 거지?'

세현은 그들의 체념이 마법진의 비밀을 지키면서 죽음을 받아들이려는 것임을 짐작하고 무척 놀라고 의아해했다.

"크흐흐흐. 왜, 이상하냐? 크하하하! 하긴 그렇겠지. 살려주겠다는데도 죽을 각오를 하는 모습이 꽤나 이상하게 보일 법도 하다. 그래, 나도 살고 싶다. 사는 것이 제일 중요하지. 죽으면 세상 모든 부귀영화가 무슨 소용이란 말이냐? 하지만 이래도 죽고, 저래도 죽는다면 그냥 죽으련다. 너에게 좋은 일을 시키고 싶지는 않단 말이지. 크하하!!"

유길성이 가슴에 쌓인 울분을 쏟아내듯이 세현에게 고함을
질렀다.

"죽는다고?"

세현은 유길성의 말에서 떠오르는 것이 있었다.

"금제라도 있다는 거냐?"

"크흐흐흐흐……."

세현의 물음에 유길성은 힘 빠진 눈빛으로 기이한 웃음소리
만 흘렸다.

하지만 그것만으로도 세현은 충분했다.

어퓨 크라딧에게도 뭔가 금제가 있는 것이다.

"결국 너희도 꼭두각시에 불과했군. 저들이 에테르 코어의 노
예라면 너희들 역시 뭔가에 목숨을 저당 잡힌 노예였던 거다.
그래, 그런 거였군."

세현이 불쌍하다는 듯이 어퓨 크라딧들을 바라봤다.

"무슨 개소리냐! 우리가 누구의 노예라니! 우린 절대 노예 따
위가 아니다. 그저 큰 비밀을 지키기 위해서 스스로 금제를 받
아들였을 뿐이다."

유길성이 그런 세현에게 고함을 질렀다.

"그래? 그럼 그 금제가 고철한에게도 있겠네?"

세현이 고함을 지르는 유길성에게 담담한 어조로 되물었다.

그 순간 유길성의 입은 꽉 다물어졌다.

답을 할 수가 없었던 것이다.

천공의 수장인 고철한에게 그런 제약이 있을 턱이 없었다.

"그거 봐라. 결국 그렇지? 너희는 결국 또 다른 희생자, 노예일 뿐이다. 그럼 이제, 너희는 너희의 선택에 대한 책임을 지도록 해라."

세현은 그렇게 말을 하고는 화이트 크라딧이 된 이들의 속박을 풀어주기 시작했다.

"너희가 하고 싶은 대로 해라."

세현은 그렇게 화이트 크라딧들에게 복수의 기회를 주었다.

그러자 곧바로 무자비한 살육이 일어나기 시작했다.

모든 화이트 크라딧이 움직인 것은 아니었다.

그들 중에도 심약한 이들은 있게 마련이라 망설이는 이들이 있었다. 하지만 그에 반해서 독심을 지닌 이들도 있었기에 그들의 칼에 몸이 굳어버린 어퓨 크라딧들이 숨통이 끊어졌다.

세현은 내친김에 화이트 크라딧들이 어느 정도 에테르를 사용할 수 있도록 해주기까지 했다.

그러자 어퓨 크라딧을 처리하는 속도가 급격하게 빨라졌고, 오래지 않아서 유길성의 목까지 땅 위에 굴렀다.

그리고 죽은 어퓨 크라딧의 몸뚱이는 곧바로 에테르로 변해서 허공으로 흩어졌다.

죽은 크라딧들이 흔적도 남기지 않고 사라지는 모습에 그들을 직접 죽였던 화이트 크라딧들도 침울한 표정이 되었다.

죽음의 모습이 일반적인 생명체와는 전혀 다른 모습인 것이다. 그것은 곧 그들 역시 에테르 기반 생명체에 속한 존재가 되었다는 것을 알려주는 것이었다.

그런 자각이 그들의 마음을 침울하게 만들었던 것이다.

고오오오오오오!

하지만 화이트 크라딧의 그 같은 상심은 오래 가지 못했다. 갑작스럽게 이면공간의 모든 에테르가 요동을 치기 시작한 것이다.

"뭐, 뭐야? 이거 어떻게 되는 거야?"

지금까지 아무 말도 없이 세현의 행동을 지켜보고만 있던 올토아낙이 깜짝 놀라서 세현 곁으로 다가서며 소리를 질렀다.

"크읏, 에테르가 몰려들고 있다. 그런데 그 에테르들이 모두 적대적이야. 어떻게 이럴 수가 있지? 이 이면공간에 속한 에테르 전체가 하나의 의지를 받아서 움직이는 것 같다."

세현이 인상을 찌푸리며 대답했다.

"그게 말이 되냐? 여긴 남색 등급 이면공간이라고! 이곳의 모든 에테르를 한꺼번에 다룰 수 있는 존재가 있을 수 있다고 생각하는 거냐?"

올토아낙이 버럭 소리를 질렀다.

"내가 그렇게 하는 것이 아니잖아. 지금 우리가 그 꼴을 당하고 있는데 가능하냐, 아니냐가 무슨 상관이야? 젠장, 어서 빠져나가야겠군."

세현이 인상을 잔뜩 찌푸렸다.

"어떻게 빠져나갈 건데? 저놈들은 그냥 두고 갈 거냐?"

올토아낙이 불안한 표정으로 세현과 올토아낙을 바라보고 있는 화이트 크라딧을 가리키며 물었다.

"그냥 두고 갈 수는 없지. 모두 데리고 간다."

그 물음에 세현의 대답은 간단했다.

"뭐? 어떻게?"

올토아낙이 세현의 태연한 대답에 얼빠진 얼굴로 물었다.

"시끄럽고, 일단 에테르의 공격이나 좀 막아봐라. 나도 힘을 좀 써야 할 것 같으니까."

세현은 그런 올토아낙에게 일행들의 보호를 맡겼다.

올토아낙은 세현이 무슨 수를 낼 거란 사실을 깨닫고는 서둘러서 세현 대신에 사방에서 몰려오는 에테르를 막아서기 시작했다.

지금까지 세현에게 묶여 있던 에테르를 인계받아서 자신의 의지로 통제하기 시작한 것이다.

"자, 다들 살고 싶으면 이리로 모여!"

그 모습을 보며 세현이 화이트 크라딧들에게 소리를 질렀다.

2백 명이 조금 안 되는 숫자의 화이트 크라딧이 서둘러서 세현과 올토아낙을 중심으로 모여들기 시작했다.

'가능하겠냐?'

세현이 마음속으로 '팥쥐'에게 물었다.

[음음음. 가능해. 콩쥐, 열심히 했어. 나도 콩쥐도 성장했으니까 가능해. 음음음. 하지만 가까운 이면공간으로 가야 해.]

'카미 필드에서 가장 가까운 이면공간, 그중에서도 등급이 제일 낮은 주황색 등급. 거기로 이동하자.'

세현이 이동 목표를 확실하게 못 박아 말했다.

[음. 알았어. 가능해. 숫자, 많지만 가깝고 이면공간에서 이면공간으로 가는 거니까 괜찮아. 음음음.]

'팥쥐'는 세현의 말에 자신감을 보였다.

'그럼 준비를 해.'

세현은 그렇게 '팥쥐'에게 이동 준비를 시키고 지금 일행들을 공격하는 에테르를 집중적으로 관찰하기 시작했다.

이면공간 전체의 에테르가 올토아낙이 만들고 있는 방어벽을 맹렬하게 공격하는 중이었다.

하지만 그 공격은 아주 단순한 모습이었다.

에테르 자체에 공격적인 의지만 부여해서 그와 성질이 다른 에테르를 무자비하게 공격하도록 한 것이었다.

그 때문에 지금 세현이 있는 이면공간 이곳저곳에서 파탄이 일어나고 있었다.

이면공간에는 에테르로 만들어진 것들이 무척 많았다.

심지어는 이면공간을 유지하는 기본적인 법칙마저도 에테르로 이루어져 있었다. 그런데 그런 에테르까지 공격적인 에테르에게 피해를 입고 있었다.

'그래도 마법진 쪽은 영향을 받지 않고 있어. 아니군, 마법진을 매개로 해서 이곳 이면공간에 에테르를 움직인 거다. 이건 천공 필드에서 하는 짓이야. 대단하군. 천공 필드에서 그와 근접해 있는 이면공간의 에테르 전체를 움직인다고? 그럼 설마 다른 이면공간들의 에테르까지 이렇게 멋대로 쓸 수 있을까?'

세현은 그런 생각을 하다가 고개를 저었다.

만약 그렇다고 하면, 지금 천공 필드로 통하는 백여덟 개의 이면공간은 누구도 침범할 수 없는 엄청난 요새가 된다.

하지만 세현이 여기까지 오는 동안에 별다른 방어가 없었던 것이나, 유길성이 크라딧들을 이끌고 응전을 나왔던 것을 생각하면 지금 같은 상황은 특별한 것이라 봐야 했다.

'뭐가 되었건 위험한 상황인 것은 분명하다. 에테르 마법진에 에테르가 조금씩 충전이 되고 있는 것도 문제고, 이런 식으로 이면공간의 에테르를 멋대로 써먹을 수 있는 방법이 있다면, 이후로 천공 필드를 공략하는 것이 불가능할 수도 있다.'

세현은 그런 생각을 하면서도 계속해서 적대적인 에테르의 상태를 살피기에 여념이 없었다.

"이봐, 이러다가 우리 모두 눌려 죽겠다고! 무슨 수를 써도 써야 할 거 아냐? 뭐하고 있는 거야?"

그때, 올토아낙이 시퍼렇게 변한 얼굴색으로 세현에게 고함을 질렀다.

초인인 올토아낙도 이백에 가까운 인원을 모두 보호할 정도의 넓이를 지키는 것이 버거운 기색이 역력했다.

"음, 알았다. 준비가 거의 끝나간다."

세현이 직접 뭔가를 할 일은 없었지만 그래도 콩쥐와 '팥쥐'에게는 시간이 필요했다.

[음음. 준비 다 되었어. 음, 갈 수 있어.]

그리고 마침, '팥쥐'가 이동 준비가 끝났음을 알렸다.

"다들 놀라지 마라!"

세현은 곧바로 올토아낙과 크라딧에게 고함을 지르고는 공간 이동을 실행했다.

콩쥐와 '팥쥐'의 힘을 모은 공간 이동은 깔끔하게 성공했고, 세현 일행이 사라진 곳에는 적의 가득한 에테르가 뒤늦게 덮쳐들었다.

세현의 정찰 보고는 또다시 세상을 시끄럽게 만들었다.

먼저 처음부터 실험의 결과를 예상하고 수많은 이를 희생시킬 생각을 하고 실행에 옮긴 어퓨 크라딧의 존재가 사람들을 경악시켰다.

그리고 그들 중에 초인의 경지에 오른 이들의 수가 적지 않을 거라는 미확인 정보에 지구 인류의 심장이 덜컥거렸다.

또한 거대 마법진으로 확실시되고 있는 이면공간의 에테르 이동 통로들이 중앙에 있는 천공 필드에서 가까운 곳부터 조금씩 에테르가 충전되고 있다는 사실도 문제였다.

그것이 외부에 있는 크라딧 필드까지 닿게 되면 어떤 일이 벌어질지 누구도 알 수 없는 상황이지만 인류에게 안 좋은 방향으로 영향이 끼칠 것은 분명했다.

마지막으로 이면공간 전체의 에테르를 장악해서 움직일 수 있는 능력이 천공 필드에 있단 사실은 토벌대에 속한 이들의 숨통을 답답하게 만들었다.

초인인 세현과 올토아낙이 몽둥이 맞은 개처럼 쫓겨났다는 소리까지 떠돌면서 천공 필드에 대한 공략 의지를 바닥까지 끌어내리고 있었다.

"그래도 다행이라고 해야 하나? 미국과 프랑스의 크라딧 필드는 정리가 된 모양이네?"

세현이 재한을 보며 살짝 안도한 표정으로 말했다.

"희생이 좀 있었지만 인펙션 크라딧의 존재는 무척 강력하니까. 사실 처음에 들어가서 거점만 확보하면 그 후는 그리 어렵지 않지. 솔직히 지구 인류가 보유한 천공기사와 헌터들, 거기에 화이트 크라딧과 인펙션 크라딧의 전력은 어마어마하니까 말이야."

재한은 당연한 일이란 듯이 말했다.

세현이 천공 필드에 이르는 이면공간들을 살피며 에테르 마법진을 파악하는 동안에 두 곳의 크라딧 필드에 대한 공략이 끝난 것이다.

"하지만 이제 다시 이면공간으로 들어가는 것이 부담이 너무 큰데, 정작 다른 크라딧 필드의 좌표는 좀처럼 확보가 되지 않고 있단 말이지. 놈들도 이젠 전송장치를 모두 폐기해 버렸어. 젠장."

재한이 살짝 이를 갈면서 성질을 냈다.

"내 생각에는 이면공간 중에서도 천공 필드에 가까운 곳에서나 에테르 장악이 가능할 것 같다. 멀어질수록 그런 능력을 쓰긴 어려울 거야."

그런 재한에게 세현은 자신의 생각을 밝혔다.

"마법진에 에테르가 충전되어 있어야 그게 가능할 거라고 생각하는 거냐?"

재한이 세현의 뜻을 짐작하고 물었다.

"그래. 내 생각엔 그럴 것 같다. 그러니 우리가 해야 할 일은 일단 확보되어 있는 크라딧 필드 세 곳과 연결된 이면공간의 에테르 코어를 확보하고 그 후에 그 이면공간들을 소멸시키는 것이 좋을 것 같다."

"음? 이면공간을 없애자고? 그 이야긴 이미 나왔지만 이면공간에서 에테르 코어를 찾는 것이 쉽지 않은 일이라서 지지부진했던 이야긴데?"

재한이 슬쩍 고개를 저었다.

그런 재한의 모습에 세현도 어느 정도는 이해할 수밖에 없었다. 그에게도 '팥쥐'가 없었다면 초인이 되기 전에 이면공간의 에테르 코어를 찾는 것은 불가능했을지도 모른다.

그러니 지금 토벌대에서 에테르 코어를 찾아 이면공간을 소멸시키는 것에 대해서 난색을 표하는 것도 당연한 일이다.

"알았다. 그 문제도 내가 어떻게 해보마."

세현은 그렇게 말을 하며 한숨을 쉬었다.

결국 크라딧과 관계된 대부분의 일이 세현의 손을 거쳐서 이루어지고 있다는 생각이 든 것이다.

아이아어니가 말한다. "그게 뭐?"

"어머나 오랜만이네? 여긴 어쩐 일이야? 강현과 아현을 찾아온 건가? 하긴 만난 지 좀 되기는 했지."

아이아어니는 갑자기 찾아온 세현을 맞으며 평소와 달리 조금은 들뜬 모습을 보였다.

전혀 예상치 못했던 방문에 신이 난 모습이었다.

"반갑습니다. 그 동안 여러 일들이 있어서 찾아뵙지 못했습니다."

세현은 아이아어니에게 그렇게 인사를 하며 지구에서 가지고 온 몇 가지 물건들을 선물로 내놓았다.

지구에서 나비에게 추천받은 선물들은 여성들이 좋아할 여러 가지 물건들로 구성이 되어 있었다.

아이아어니는 그것들을 받아서 살피더니 꽤나 즐거워하는 모습을 보였다.

세현은 여자인 나비의 추천을 받아들인 것이 아주 좋은 선택이었다고 생각했다.

한동안 아이아어니는 세현의 선물을 살피는데 여념이 없었지만 세현은 느긋하게 아이아어니가 자신에게 관심을 가질 때까지 기다렸다.

그리고 어느 순간, 아이아어니는 선물을 한쪽에 미뤄두고 세현과 마주 앉았다.

"뭔가 할 말이 있는 모양이네? 그래. 무슨 일이야?"

아이아어니는 그렇게 말을 하며 세현을 바라보았다.

"이걸 좀 봐주시겠습니까?"

세현은 그렇게 말을 하며 허공에 입체 영상을 띄웠다.

카미 필드에서 천공 필드까지 이르는 아홉 개의 이면공간을 연결하는 에테르의 이동통로가 평면 위에 나열이 되었다.

"이게 뭐야?"

아이아어니는 기이한 도형들로 보이는 그림에 이맛살을 찌푸렸다.

"그러니까 이건……."

세현은 크라딧 필드와 이면공간, 그리고 그 중앙에 있는 천공 필드에 대해서 설명을 했다.

그리고 자신이 보여준 것이 카미 필드에서 천공 필드로 연결되는 아홉 개의 이면공간에 펼쳐진 에테르 통로라고 이야기했다.

"그러니까 네 생각에 이게 전체적인 마법진의 십이 분의 일이란 거지? 그것도 전체는 이면공간 백여덟 곳에 펼쳐진 것으로 예상이 되는 거대 마법진?"

"솔직히 중앙에 위치한 천공 필드에도 마법진이 있지 않을까 하는 생각을 하고 있습니다만, 일단 이면공간에 구축되어 있을 것으로 추측되는 에테르 통로의 일부인 것은 맞습니다."

"어디 보자……."

아이아어니는 세현이 보여주는 마법진의 모습을 자신의 에테르를 이용해서 다시 복사하듯 허공에 크게 그려냈다.

중간 중간 오차가 생기기는 했지만 아이아어니는 결국 그런 오차까지 찾아서 수정을 하며 세현의 것보다 몇 배는 크게 그것을 복사하는데 성공했다.

"으음. 그려보니 알겠네. 이거 확실히 마법진 맞다. 에테르 마법진이라고 부르는 그거."

"역시 그렇군요."

세현은 아이아어니의 확답에 침울한 얼굴이 되었다.

비록 예상은 하고 있었지만 그 예상이 맞아떨어지길 원하지는 않았었다. 말도 되지 않을 이야기지만 그저 특이한 에테르 흐름이 크라딧 필드와 필드 사이에 일어난 것이면 좋겠다는 생각을 했었다.

그것이 특별한 기능이나 의미가 없다면 에테르의 흐름이 복작하게 늘어진 것 정도는 문제가 아닌 것이다.

물론 애초에 그런 기대 자체가 잘못이었음을 세현은 금방 인정하고 고개를 들어 아이아어니를 바라봤다.

"그럼 무슨 마법진인지도 아시겠습니까?"

세현이 물었다.

"아, 그거…… . 솔직히 확답하기 어려운데? 여기 보이지? 이쪽 부분이 핵심인 것 같은데, 이건 전체가 없으면 별다른 의미가 없어. 마법진이란 것이 어느 한구석에 숨어 있는 동그라미 하나가 마법진의 효과를 확연히 다르게 만들기도 하니까, 이 정도

조각으로 전체를 아는 것은 불가능에 가깝지."

아이아어니는 천공 필드에서 가까운 이면공간 쪽의 마법진 일부를 손가락을 가리키며 말했다.

"그럼 전혀 특정할 수 없다는 말입니까? 그럼 혹시 이것과 연관이 있을지 좀 봐주시겠습니까?"

세현은 그렇게 말을 하며 아이아어니 앞에 하나의 마법진을 펼쳐 보였다.

"어? 이건 뭐야?"

아이아어니는 세현이 보여주는 마법진을 뚫어져라 쳐다봤다.

"이건 특이하네? 그런데 뭔가 부족한 부분들이 많은 것 같은데? 이거 껍데기만 걷어 온 거 아냐?"

아이아어니가 한참 마법진을 보다가 세현에게 고개를 돌리며 물었다.

"그건 이전에 지구에서 벌어진 배반의 크리스마스 실험에서 실험장에 만들었던 건축물들이 만들어 낸 에테르의 흐름을 이리저리 끌어모아서 만들어 본 것입니다. 당연히 정확하다고 할 수는 없습니다만, 당시의 실험의 윤곽은 짐작할 수 있을 거라고……."

"바보 같은 소리! 아까 이야기했지? 동그라미 하나 차이로 달라지는 것이 마법진이야. 이런 껍데기로 뭘 알 수가 있겠어?"

하지만 세현의 변명은 아이아어니의 신경질적인 고함소리에

묻혀버리고 말았다.

"하여간, 마법진이 무슨 애들 장난인 줄 안다니까."

아이아어니는 세현에게 고함을 지르고는 혼잣말로 중얼거리며 세현이 띄워 놓은 배반의 크리스마스 실험의 마법진과 자신이 크게 복사해 놓은 마법진을 번갈아 보았다.

그리고 어느 정도 시간이 지난 후에 팔짱을 끼고 오른 손으로 턱을 잡은 모습을 한동안 유지하더니 세현을 바라봤다.

"정확하진 않지만 이걸 여기에 녹여 넣었다면 그건 가능할 것 같다."

아이아어니가 세현의 배반의 크리스마스 마법진을 거대한 이면공간 마법진에 녹여 넣었다면 가능하겠다는 결론을 내렸다.

"그럼?"

세현이 깜짝 놀라며 아이아어니를 봤다.

"아니, 그렇다고 그게 정답이란 소리는 아니야. 그럴 가능성은 있다는 거지. 그게 아닐 가능성은 훨씬 더 많아. 거기다가 이 거대한 마법진은 절대로 간단한 하나의 효과를 위해서 만들어 낸 것은 아니야. 네가 말한 그거, 그러니까 이면공간 전체의 에테르를 통제했다는 그것도 여기 있는 마법진들을 통해서 이루어진 거야."

아이아어니는 세현이 아홉 개의 이면공간에서 확보해 온 마법진 한쪽을 건드리며 말했다.

"그 부분이 에테르를 통제할 수 있게 한다는 말입니까?"

세현이 마법진의 일부라도 파악을 할 수 있게 된 것이 기쁜 표정으로 물었다.

"여기 아홉 곳의 마법진에 이게 전부 다 있어. 보여?"

아이아어니는 이면공간에 따라서 나누어져 있는 마법진에서 특정 위치를 콕콕 찍었다.

세현은 그것을 보며 아이아어니가 무엇을 말하려고 하는지 확인하려 했지만 제대로 알아내지 못했다.

'아이아어니가 뭘 말하는지 알겠어?'

그래서 결국 '팥쥐'에게 의견을 구할 수밖에 없었다.

[음음. 있어. 덜어낼 부분을 덜어내고 보면 일치하는 형태가 거기 있긴 있어.]

'팥쥐'가 그렇게 대답을 하면서 세현 앞쪽에 마법진의 일부를 띄우고는 거기에서 일부분을 거둬냈다.

그러자 그 안쪽에 남은 부분들이 일치하는 모습을 보였다.

"우와, 능력 좋은데? 그래, 그거야. 그런 식으로 숨어 있는 마법진이지. 아, 그렇다고 지금 치워버린 부분이 쓸모가 없다는 것은 아니야. 그건 그것대로 또 다른 효과를 낼 때에는 쓸모가 있을 거야. 그건 뭐 쉽게 알아내긴 어렵겠지만."

아이아어니는 세현이 자신이 말한 마법진의 공통점을 쉽게 찾아낸 것에 깜짝 놀라고 있었다.

"아닙니다. 제 능력이 아니라. 여기 이 녀석의 능력이지요."

세현은 그런 아이아어니에게 천공기를 내밀어 툭툭 쳐 보였다.

"흐응? 그래? 그렇다면 또 그것대로 흥미로운데?"

아이아어니는 당장에라도 세현의 천공기를 뜯어서 살펴보고 싶다는 눈빛을 보였지만, 천공기 자체가 세현과 한 몸이 되어 있다는 것을 알기에 어쩔 수 없이 포기했다.

"어쨌거나 이 배반의 크리스마스 실험이 이 거대한 마법진 속에 숨어 있을 가능성은 분명히 있다는 말씀이지요?"

세현이 아이아어니에게 확인하듯 물었다.

"그래. 그건 확실해. 그런데 너는 그 크라딧이란 놈들, 아니, 어퓨 크라딧이란 놈들이 그걸 다시 하려고 한다고 생각하는 거냐?"

아이아어니가 세현을 바라보며 물었다.

"제 생각은 이렇습니다. 지금 크라딧 필드라고 하는 것은 이면공간도 아니고 테멜도 아닙니다. 그와 유사하지만 의외로 지구에 묶여 있는 것은 분명합니다."

"그래서?"

"그런데 그 크라딧 필드는 전 세계에 퍼져 있고, 그 크라딧 필드를 연결하는 이면공간 백팔 개가 거대한 마법진을 만들고 있습니다. 그러니 결과적으로……."

"결과적으로는?"

아이아어니가 흥미로운 눈빛을 하며 세현을 바라봤다.

"백팔 개의 이면공간이 지구를 완벽하게 둘러싸고 있다고 볼 수 있다는 겁니다."

"으음. 그래서 그런 상태에서 네가 말하는 그 배반의 크리스마스 실험이 다시 일어나게 되면?"

"지구 전체가 크라딧 필드가 되고, 지구에 있는 모든 생명체가 에테르 기반 생명체로 변하는 엄청난 일이 벌어지게 되겠지요."

"으음. 제법 규모가 크네?"

"제법이요?"

세현은 그저 제법이라는 말로 자신의 예상을 정리하는 아이아어니의 반응이 조금은 불만스러웠다.

"후훗, 겨우 이면공간 백팔 개와 행성 하나잖아. 그 정도가 뭐 그렇게 대단하다고? 지금도 이 세상에선 수천, 수만의 행성들에서 에테르 기반 생명체와 일반 생명체들의 싸움이 벌어지고 있어. 지금 세현, 네가 말하는 것 정도는 그리 대단할 것은 아니지."

"하지만 지금 지구에서 벌어지고 있는 것은 지금껏 알려지지 않았던 새로운 양상이지 않습니까. 다른 보편적인 전투나 침략과는 상황이 다르다고 생각합니다."

"호호홋, 그래. 그렇게 생각할 수 있지. 이번에 나타난 크라딧? 뭐 일반 생명체를 에테르 기반 생명체의 신체로 바꾸는 것은 정말 특이하긴 하네. 하지만 내가 공아현을 살피면서 알게 된 건데, 그런 변화는 에테르 감염을 통해서도 간혹 일어나는 일이라고 하더라고."

"으음, 에테르 감염……."

세현은 아이아어니의 말에 신음을 흘렸다.

에테르 감염은 말 그대로 생명체가 에테르에 감염되어 돌연변이가 되는 현상을 말한다. 그리고 그 돌연변이 현상에는 분명히 신체의 일부가 에테르 기반 생명체의 그것처럼 변하는 것도 있었다.

알려진 여러 사례들 중에는 몸의 대부분이 에테르 생체구조로 변한 인간에 대한 보고도 분명히 있었다.

물론 그 경우에는 더 이상은 인간으로 볼 수 없는 꼴이었다고 하지만.

"그래. 그 배반의 크리스마스 실험이라는 것도 따지고 보면 그 돌연변이 현상을 정제해서 모두에게 적용시키는 방식이 아닐까 싶은데? 거기다가 알다시피 에테르 생체구조 안에는 자연스럽게 에테르 코어의 지배 장치가 들어가게 되거든. 물론 네가 말한 어퓨 크라딧의 경우엔 그것을 배제할 수 있는 방법을 알고 있다니 독특하긴 하지."

세현은 아이아어니의 말을 묵묵히 듣고 있었다.

사실상 세현의 머릿속은 상당히 복잡했다.

"하지만 어차피 돌연변이, 즉 본래 에테르 기반 생명체가 아니었다가 에테르 기반 생명체가 된 경우에는 때로 에테르 코어의 지배에서 벗어나는 경우가 있었어. 그건 다른 행성들에서도 확인이 된 사실이지. 그렇게 보면 네가 말한 그 휴먼인자를 통한 회복도 마냥 특별할 것은 아니지 않겠어? 원래 그 생명체가 지니고 있던 영혼을 일깨우는 것이니까 말이야."

"하지만 폴리몬의 경우에는 처음부터 에테르 기반 생명체였지 않습니까. 그런데도 에테르 코어의 지배에서 벗어나서 자유 의지를 가지게 되었다는 것을 생각하면……."

"폴리몬을 포함한 에테르 기반 생명체들에게도 영혼이 있다고 생각해야지."

세현의 말을 아이아어니가 원천봉쇄하듯 막았다.

그리고 말을 이었다.

"그 영혼이 세현, 네가 말한 휴먼 인자의 영향을 받아서 깨어났다고 생각하면 되지 않나? 어차피 이성을 지니고 있었던 폴리몬이 에테르 코어의 명령 수신 기관이 사라진 후에 자율 의지를 지니는 것이 뭐 그렇게 대수로운 일이라고."

세현은 아이아어니의 말에 마땅히 대꾸할 말을 찾지 못하고 스스로의 생각을 정리하기 시작했다.

"내가 보기에 가장 중요한 것은 에테르 코어가 전달하는 명령을 수신하고 그것에 따르도록 하는 신체조직 안의 장치를 파괴하는 것이 더 중요하다고 봐. 네가 말한 그 휴먼인자를 사용한 공격은 그게 더 큰 의미를 지니는 거지."

"하지만 휴먼 인자를 사용하더라도 여전히 에테르 코어의 의지는 전달이 되는 것으로 알고 있습니다. 다만 강제로 따르게 되는 부분이 약화되어 의지로 견딜 수 있게 되는 것일 뿐입니다."

"그런가? 그럼 그렇다고 하지 뭐."

"네?"

세현은 한창 열이 올라 반론을 제기하는데 뜬금없이 허탈하게 대꾸를 하는 아이아어니의 태도에 어이가 없어서 그녀를 쳐다봤다.

"결론은 그거잖아. 너희 지구에서 벌어지는 일이 아주 특별할 것은 없어 보인다는 거 말이지. 물론 제법 규모가 있는 음모를 누가 꾸민 건지는 궁금하네. 그리고 목적이 뭔지도 말이야."

아이아어니는 그렇게 말을 하며 탁자 위의 찻잔을 들어 입을 축였다.

Chapter 6

복잡하다, 도대체 뭐가 정답이야?

아이아어니도 거대 마법진의 일부로는 그것의 진정한 목적을 파악하지 못했다.

하지만 세현이 걱정하고 있었던 부분에 대해서는 가능성이 있다는 확언을 해주었다.

열두 개의 크라딧 필드에서 천공 필드로 이어지는 백팔개의 이면공간에 구축된 마법진은 배반의 크리스마스 실험에서 사용된 것의 확대판일 가능성이 있었다.

아이아어니가 그렇게 확인을 해주었으니 가능성은 분명한 상황이었다.

"그래서 지금 지구 전체가 위험하다고 하는 거냐?"

진강현이 세현을 보며 물었다.

세현은 아이아어니에게 확인을 받은 후에 곧바로 강현과 아현을 찾아 온 상황이었다.

강현은 세현이 찾아오자, 오래도록 연락이 없었던 것을 섭섭하게 여겨서 한동안 잔소리를 했지만 그건 그저 오랜만의 해우를 반기는 표현일 뿐이었다.

어쨌거나 오랜만에 만난 형제는 이런저런 인사가 끝나고 지금 지구에서 벌어지고 있는 일들에 대해서 이야기는 나눴다.

그렇게 대략 설명이 끝난 상황이었다.

"지구의 행성 코어인 가이아가 회복되었다면 크라딧들의 그런 실험을 막을 수 있지 않을까요?"

강현의 걱정에 아현이 의아한 표정을 지었다.

세현은 그런 형수를 새삼 놀라운 눈빛을 바라보고 있었다. 그 동안 공아현은 완숙한 초인의 경지에 올라 있었다.

그럼에도 강현과 아현이 지구로 오지 않고 이곳 타모얀의 테멜 안에 머물고 있는 이유는 아현에 이어서 진강현 역시 초인으로 가는 실마리를 잡은 상태기 때문이었다.

공아현이 초인이 되면서 신체가 에테르 생체구조로 바뀌는 문제에서 완전한 자유를 얻었을 때, 강현과 아현 부부는 지구로 돌아가려 했었다.

하지만 그 즈음 강현이 초인의 경지에 오르는 단초를 얻어서 시일을 미루다 보니 지금까지 타모얀 테멜 안에서 머물게 된 것이다.

"그 때문에 판게아로 다시 들어가 보려고 했지만 그쪽은 완전히 틀어막혀 있는 상황입니다, 형수님. 가이아에게 무슨 문제가 생긴 것은 아닌지 걱정을 하는 중입니다."

"그래요? 하지만 지구의 행성코어인 가이아는 에테르 코어를 완벽하게 방어했다고 하지 않았어요?"

"물론입니다. 방어를 넘어서 종속을 시켰다고 해야겠지요."

세현은 가이아가 자신을 공격했던 에테르 코어를 '팥쥐'가 콩쥐를 다루듯하게 된 것을 기억하며 말했다.

"그럼, 행성에 그렇게 큰 문제가 생기는 것을 두고 보지는 않을 텐데요? 행성에서 일어나는 일을 행성 코어가 모를 수는 없어요. 이전에야 판게아에 갇혀 있는 상황이라 그랬다고 하지만, 회복을 했다면 크라딧의 실험 따위는 쉽게 해결을 할 수 있을 거예요."

공아현은 확신하듯 말했다.

"그런데 문제는 크라딧에 대한 문제에 행성 코어인 가이아의 개입이 없다는 거잖아. 세현아, 그런 거지?"

진강현이 물었다.

"맞아. 내가 알기로 내가 판게아를 떠난 후로 가이아의 활동이 겉으로 드러나게 보인 적은 없는 것 같아."

세현이 다소 불만스러운 표정으로 강현에게 대답했다.

"그럼 이렇게 생각을 할 수도 있겠군요. 가이아가 지구의 위험을 도련님을 비롯한 인류에게 맡겨두기로 했거나, 그게 아니라면 크라딧의 마법진이 위험하지 않다고 판단하고 있거나, 그것도 아니라면 가이아가 그 실험을 용인할 생각이거나."

"뭐? 다른 건 몰라도 실험을 용인하다니? 그게 무슨 소리야?"

공아현의 말에 세현보다 진강현이 더 놀란 표정으로 물었다.

"말 그대로예요. 왜 언제나 우리 인간들을 중심으로 모든 것을 판단하려 드는지 모르겠네요. 가이아의 입장에서 지구 위에 살고 있는 모든 생명체들은 동등한 존재라고 볼 수도 있어요. 나무 한 그루가 인간 한 명과 다를 바 없고, 잡초 한 뿌리와 다를 바가 없을 수도 있죠."

"그래서?"

"당신도 생각을 해봐요. 크라딧의 실험이 저 같은 존재를 만들어 내고, 더 나아가서는 에테르 생체구조를 지닌 생명체를 만들어요. 하지만 그 속에는 지구에서 태어난 생명체의 원형이 들어 있을 거예요."

"지구에서 태어난 생명체의 원형?"

"크라딧들이 에테르 생체구조를 지녔지만 다른 에테르 기반 생명체와 다른 면들이 있잖아요. 그렇죠? 세현 도련님?"

"아, 네, 분명히 다른 에테르 기반 생명체와 배반의 크리스마스 실험에서 태어난 크라딧들은 다른 면이 있지요."

"네. 그렇게 생각을 하면, 지금 화이트 크라딧이라고 부르는 이들은 가이아의 입장에서 보면 지구라는 자신의 품에서 태어난 아이들로 볼 수도 있는 거죠."

"에테르 생체 구조를 지니고 있지만, 그 태생이 지구라고 본다는 말이야?"

"그래요. 당신 말대로 그런 거죠."

공아현은 진강현의 물음에 그렇게 대답했고, 세현은 공아현의 말에 충격을 받고 생각을 정리하느라 침묵을 지켰다.

"가능성이 없는 이야긴 아니군요. 하지만 저는 정말로 가이아가 그런 판단을 내려서 지금 지구에 있는 모든 생명체들을 실험의 대상이 되는 것을 용인할 거라고 믿고 싶진 않습니다."

세현은 한참 뒤에 입을 열어 그렇게 말했다.

"저도 그럴 가능성이 있다는 이야기지, 정말 그렇다는 말은 아니었어요. 하지만 제가 알고 있는 행성 코어의 능력을 생각하면, 지구를 중심으로 일어나고 있는 모든 일들은 가이아가 이미 알고 있는 것이라 생각해요."

"음, 그건 저 사람 말이 맞을 거야. 내가 알기로도 행성 코어가 온전히 그 행성을 지킨다면 에테르 기반 생명체들이 제대로 힘을 쓸 수가 없어. 너도 알겠지만 행성 코어는 마음만 먹으면

지구상에 있는 모든 에테르를 증발시킬 수도 있다. 그 판게아에
서 그랬다면서? 낮 시간이 되면 판게아의 기운이 에테를 공격했
다고."

"음, 그랬지. 물론 생명체가 지니고 있는 에테르나, 다루는 에
테르에 한정된 것이긴 했지만."

"그래, 그렇지만 지금 완전히 회복한 행성 코어라면 지구의
모든 에테르를 마음대로 할 수 있을 거다."

"결국 가이아는 지금 당장 지구의 상황에 개입할 생각이 없
다는 말이네?"

세현은 조금은 원망스러운 마음을 담아서 말했다.

숱한 고생 끝에 가이아를 구한 것이 세현, 자신이 아닌가.

그런데 지금 가이아는 크라딧의 위협을 그대로 지켜보고 있
거나 혹은 그들에게 일부 동조하고 있는 것일 수도 있으니 섭섭
한 마음이 들 수밖에 없었다.

"그렇게 생각해야지. 그럼 결국 우리 힘으로 문제를 해결해야
하다는 건데? 너는 어쩔 거야?"

진강현이 세현을 보며 물었다.

"어쩌긴 일단 크라딧의 그 마법진부터 어떻게 좀 해봐야지."

"어떻게?"

"가능한 많은 수의 이면공간을 소멸시키는 쪽으로 해봐야
지."

"이면공간의 에테르 코어를 찾아서 연결을 끊어 버리겠다는 거냐?"

"그렇게라도 해야지 마법진을 망가뜨릴 수 있지 않겠어?"

세현은 선택의 여지가 없다는 듯이 대답했다.

사실상 그 외에 다른 방법을 찾기가 어렵기도 했다.

"그런데 모든 일의 중심에 천공 길드가 있고, 그걸 주도한 것인 고철한이라고?"

문득 진강현이 세현을 보며 물었다.

"그런 것 같던데? 적어도 지금까지 표면적으로 알려진 바로는 그가 크라딧들의 우두머리인 것은 분명해."

"그래, 그렇단 말이지……."

진강현은 세현의 대답에 한동안 굳은 표정으로 생각에 잠겼다.

"그놈이 공명심이나 욕심이 좀 있기는 해도 되먹지 못한 놈은 아닌데, 어쩌다가 이런 일을 벌인 건지 이해가 되지 않는군."

진강현이 혼잣말로 그렇게 중얼거렸지만 세현은 그것을 충분히 알아들을 수 있었다.

"사람이 변하는 것은 순식간이지. 죽을 때까지 변하지 않는 사람이 있는가하면, 한순간 돌변하는 사람도 있으니까. 형이 기억하는 과거의 고철한이 지금의 고철한과 같을 거라고 생각하지는 마."

"하긴, 세월이 많이 흐르긴 했지. 에테르가 없던 시대였다면 이미 늙은이 소리를 들을 나이가 되었으니까."

진강현은 그렇게 말을 하고는 입을 다물었다.

과거 친구였던 이에 대한 생각으로 마음이 복잡해진 것이다.

"그것 참 문제가 심각하군."

타모얀 마을의 촌장은 오랜만에 찾아온 세현이 가지고 온 소식에 걱정스러운 표정을 감추지 못했다.

"그렇게 생각하십니까?"

"그렇지. 에테르 기반 생명체는 보통 에테르 코어에 의해서 탄생하는 것이지. 물론 에테르가 급격하게 증가한 곳에서는 에테르에 감염이 되어서 돌연변이로 등장하는 경우도 있지만 말이지."

"네. 들었습니다. 에테르 기반 생명체가 에테르 코어가 아니라 자연 발생으로 만들어지는 경우도 있다고 말입니다."

"그렇지. 그런데 이번 경우에는 전혀 다른 방식으로 에테르 기반 생명체가 탄생하는 것이 아닌가."

"네. 그것도 한꺼번에 행성 하나의 전체 생명체를 에테르 기반 생명체로 바꾸는 일입니다. 규모도 엄청나다고 할 수 있지요."

세현은 이전에 있었던 배반의 크리스마스 실험과는 비교도 되지 않을 정도로 규모가 큰 실험이란 사실을 강조했다.

지구 전체가 포함된 문제니 꽤나 심각하다는 의미였다.

"뭐 규모에 대해선 나와 생각이 좀 다른 것 같지만, 어쨌거나 새로운 방식으로 에테르 기반 생명체가 만들어질 수 있다는 사실이나, 그것이 양쪽 세력의 싸움에서 획기적인 공격 수단이 될 수 있다는 것은 확실히 문제로군."

"규모에 대한 생각이 다르다고 하시는 말씀은, 행성 단위가 그리 큰 것은 아니란 말씀이십니까?"

세현은 아이아어니가 이전에 보였던 반응을 생각하며 촌장에게 물었다.

"뭐, 그런 거지. 우주 전체를 놓고 본다면 그 정도 규모가 큰 것은 아니지. 사실 행성 한둘 정도야 뺏고 빼앗기는 일이 워낙 흔한 일이니까 말이야."

"에테르 기반 생명체에게 빼앗겼던 행성을 다시 찾는 경우도 있는 모양이군요?"

"행성코어까지 빼앗긴 후에도 수복을 하는 경우가 있긴 하지. 쉽지는 않지만 아예 없는 일도 아니야. 그리고 우주는 넓지. 그것도 상상할 수 없을 정도로 넓어. 그런 넓은 우주에서 무슨 일이 벌어진들 그게 그렇게 큰 의미가 있을까?"

"하지만 아무리 큰 것이라도 작은 것 없이 이루어진 것은 없습니다. 우리 지구의 문제가 작다고 하시지만 그 작은 것을 무시해서는 안 될 겁니다."

"허허허. 어려운 문제지. 그 말이 틀린 것도 아니고. 뭐 어쨌
거나 지구에서 일어나고 있는 일이 흥미롭긴 하군. 새로운 방식
의 에테르 기반 생명체 탄생이란 점에서 말이지."

"저희 형수님을 보셨으면 예전부터 예견했던 일 아니었습니까?
전에 크라딧들의 상황에 대해서도 이야기를 했던 것 같은데요?"

세현은 거듭 걱정스러운 표정을 짓는 촌장에게 물었다.

그때는 관심이 없더니 지금은 무척이나 걱정이 된다는 듯이
말하고 있는 것이 이상했던 것이다.

"단발성 사건에는 별로 의미를 두지 않았지. 우연히 벌어지
는 일이야 많이 있으니 말이야. 그래서 그것도 그렇게 생각을
했는데, 지금은 더 큰 규모로 다시 시도되고 있다니 관심이 생
긴 거지."

"그럼 그 관심이 우리들에게 어떤 도움을 줄 수 있는 겁니까?"

세현이 촌장을 뚫어져라 쳐다보며 물었다.

"음?"

촌장은 세현이 뭔가 의미를 가지고 묻고 있음을 깨닫고 살짝
이마에 주름을 잡았다.

"타모얀의 테멜. 이곳이 어떤 곳인지는 모르지만 한 가지는
확실하더군요."

세현이 말했다.

"뭐가 말인가?"

"여기, 이곳에 초인이 많이 있습니다."

"음, 그렇지. 적잖은 초인이 있지."

촌장은 세현의 말을 부정하지 않고 인정했다.

"아닙니다. 적지 않은 수가 아니라 많습니다. 그것도 아주!"

"음?"

세현의 거듭된 말에 촌장의 눈빛이 이전과 다르게 바뀌었다.

"그래서 생각해보니 이곳이 꽤나 중요한 곳이란 생각이 들었습니다."

"그렇지만 우리는 외부 일에 관여를 하지 않는다네."

"그렇겠지요. 전에 블스칸께서 외부에서 활동을 하는 중에 제일 강한 분이라고 했었지요. 다른 초인들은 이곳에서 머물고 있고 말입니다."

"그걸 알면 우리가 뭔가를 해주기 어렵다는 것도 알지 않나?"

촌장이 말했다.

"지켜만 보시겠다는 겁니까?"

"글쎄, 그거야 두고 봐야겠지."

촌장은 세현의 물음에 확답을 하지 않았다.

하지만 세현은 그 대답에서 이곳 타모얀의 테멜에 뭔가 숨겨진 비밀이 있음을 확신했다.

아, 머리 검은 짐승!

세현은 다시 지구로 돌아왔다.

원래 아이아어니를 찾아갔던 이유가 마법진의 정체를 밝히기 위해서였다. 하지만 그 목적은 절반의 성공과 절반의 실패로 끝나고 말았다.

거기다가 세현의 형과 형수는 이번에 함께 돌아오지 못했다. 형인 강현이 초인의 경지에 오르기 위한 고비를 맞고 있는 중이라 함부로 움직이기가 어려웠던 탓이다.

지구로 돌아온 세현은 제일 먼저 미래 길드의 본부부터 찾았다.

고재한은 세현을 반갑게 맞이했다.

"잘 갔다 온 거냐? 지유에선? 거기까지?"

고재한은 세현이 지유에선에 다녀오겠다는 이야기를 들었기에 생각보다 빨리 돌아온 것을 두고 놀란 표정으로 물었다.

그 동안에 이면공간은 더욱 넓은 범위로 개척이 되어서 이제는 지구에서 투바투보, 지유에선에 이르는 이면공간 통로가 밝혀졌다.

이전에는 크라딧 쪽에서만 알고 있던 길이었지만, 이제는 지구 인류도 지유에선까지의 길을 알게 된 것이다.

물론 지유에선에서 지구 사이에는 아직도 알려지지 않은 이면공간이 무수히 많은 상황이었지만, 적어도 지유에션이란 분기점을 확인했다는 것으로도 큰 의미가 있었다.

"그래. 다녀왔다."

"진강현 천공기사님도 만나고?"

고재한은 마법진보다는 진강현에 대한 것이 더 궁금한 모양이었다.

"형? 그래. 만났지. 함께 올 생각이었는데 중요한 일이 있어서 이번에는 오지 못했다. 뭐, 내가 자주 들러 볼 생각이니까 이전보단 자주 소식을 들을 수 있겠지."

"그, 그러냐?"

고재한의 눈빛에 아쉬움이 가득했다.

세현은 그 모습에 속으로 혀를 찼다.

알고 보니 고재한은 어려서부터 진강현 천공기사를 우상으로 생각했던 사람이었다.

그래서 지금도 진강현이란 이름에 열광하는 모습을 보이고 있었다.

"일단, 알아 둬야 할 것이 있다."

세현은 고재한이 쓸데없는 상상을 시작하기 전에 굳은 목소리로 본론을 꺼냈다.

"음? 알아 둬야 할 거라니?"

고재한도 세현의 무거운 분위기에 정신을 차리고 대화에 집중하기 시작했다.

세현은 고재한에게 아이아어니와 촌장에게 들은 이야기를 세세하게 전했다.

"결국 그 마법진이 지구 전체를 대상으로 배반의 크리스마스 실험을 되풀이할 가능성이 있다는 말이네? 뭐, 아닐 가능성도 있다고 하지만."

"그렇지."

"거기다가 네 말대로라면 지구에서 무슨 일이 벌어진다고 해도 결국 일을 해결해야 할 것은 우리들이란 말이지? 심지어는 지구의 행성코어인 가이아조차도 크라딧들이 꾸미고 있는 일에는 간섭하지 않을 것 같고?"

"확실하진 않지만, 아직까지 가이아가 나서지 않고 있는 것을 보면 그럴 가능성이 높지."

"타모얀, 그 종족도 우리 지구 인류를 도울 생각은 없다고 했고?"

"그렇다니까."

세현은 재한의 거듭된 확인에 살짝 인상을 찌푸렸다.

"그래서 너는 어쩌려고?"

재한이 세현을 보며 물었다.

"뭐? 어쩌다니?"

세현이 그런 재한의 물음에 얼떨떨한 표정으로 되물었다.

"너, 많이 변한 거 알고 있냐?"

그런 세현에게 재한이 차가운 눈빛으로 바라보며 물었다.

"내가 변했다고?"

세현은 재한이 무슨 말을 하는지 모르겠다는 표정을 지었다.

"그래, 변했지."

"내가 어떻게 변했는데?"

"넌… 쓸데없는 짓을 많이 하고 있어."

세현의 물음에 재한은 그렇게 대답했다.

"내가? 무슨 소리야?"

세현은 재한이 하려는 말을 짐작하지 못해서 되물었다.

"세현이, 네가 미래 필드를 만든 이유가 뭐였어?"

재한이 세현에게 물었다.

"그야, 지구가 위험한 상황이면 미래 필드를 피난처로 삼기 위해서였지."

세현은 그렇게 대답하면서 재한이 자신에게 하려는 말이 뭔지 어렴풋이 짐작하기 시작했다.

"넌 형을 찾기 위해서 이면공간을 떠돌았어. 네가 힘을 길렀던 이유는 그것 때문이었지. 형을 찾기 위해서. 안 그래?"

"그렇지."

세현은 재한의 말을 인정했다.

"그런데 넌 지금은 마치 너 혼자서 지구를 구하려는 용사가 된 것 같다. 난 그게 이해가 되지 않아."

재한의 목소리는 차가웠다.

그리고 세현 역시 재한의 말을 듣고 머리 위에 찬 물이 쏟아진 것 같은 느낌을 받았다.

"그러네. 내가 언제부터 인류의 구원자가 되려고 하고 있었지? 그럴 이유가 있었나?"

세현은 그렇게 말하며 스스로를 돌아봤다.

언제부터 자신이 오지랖 넓은 짓을 하게 되었을까 하고.

"힘이 생기면서 그 힘에 책임을 져야 한다는 묘한 환상 같은 것을 가지게 된 것이 아닌가 싶다. 내 생각에는."

그런 세현에게 재한이 병명을 진단하듯 말했다.

"그런가?"

"물론 나는 그 덕분에 많은 이득을 봤지. 네가 없었다면 우리 미래 길드가 지금 이렇게 높은 위상을 지니진 못했을 테니까. 우리 길드가 이렇게 성장한 것은 대부분 세현, 네가 이면공간을 누비며 얻은 것들을 바탕으로 한 것이지. 그것이 기술이거나 아니면 정보거나 간에."

재한은 그렇게 미래 길드에서 세현의 역할이 컸음을 인정했다.

"그런데 왜 이런 이야길 하는 거지?"

세현은 지금까지 아무 말이 없던 재한이 갑자기 이런 이야기를 꺼내는 이유가 궁금했다.

"조금 전에 네 이야기를 들으면서 느꼈거든. 널 그냥 두면 너는 다시 크라딧의 백팔 이면공간으로 들어가서 그 이면공간들을 소멸시키기 위해서 뛰어다닐 거라고 말이야. 안 그러냐?"

"아마 그렇겠지. 아무래도 그 마법진이 위험하다는 생각을 지울 수가 없으니까."

"하지만 그게 어쨌다는 거지? 네가 가지고 온 정보를 국제연합에 알리는 것만으로도 충분하지 않나? 네가 모든 것을 다 할 수는 없지. 그리고 내 생각이지만 해서도 안 된다고 본다."

"내가 다 해선 안 된다고?"

"그래. 벌써부터 너에 대한 이야기가 심심찮게 나돌고 있다. 그리고 그게 좋은 이야기만은 아니지."

"무슨 소리야? 좋은 이야기만은 아니라니?"

세현은 재한의 말에서 뭔가 있다는 사실을 깨달았다.

"난 진강현 천공기사를 존경한다."

하지만 재한은 엉뚱한 소리를 했다.

세현은 조용히 재한의 다음 말을 기다렸다.

"진강현 천공기사가 당시에 했던 일이 국가나 민족을 위한 일이었다는 것을 안다. 하지만 당시의 잣대로 재어 보면 반역이라고 할 수도 있었겠지. 국가의 중대 프로젝트를 박살 내고 숨어 버렸으니까."

"그래. 솔직히 나도 어느 정도는 당시 형의 실종에 대한 정부나 천공 길드의 뒤처리를 인정한다. 그때엔 그렇게 할 수 있는 상황이었지."

"그래. 하지만 시간이 지난 지금은? 결국 그 실험이 크라딧을 만들었고, 지구 인류에게 엄청난 재앙을 가지고 왔지. 그것을 진강현 천공기사가 막으려 했고 말이야."

"그래서 지금은 형의 행위가 칭찬받을 일이 되었잖아."

"맞아. 지금은 그렇지. 그런데 넌?"

"나? 내가 뭐?"

세현은 조금 당황스러운 표정으로 되물었다.

"지금 돌아가는 분위기가 이상하다는 이야길 했던가?"

"아니, 안 했으니까 정확하게 이야기를 해봐!"

세현이 더는 참지 못하겠다는 듯이 답답한 표정으로 소리를 질렀다.

"판게아 세상, 지구의 행성 코어 가이아, 크라딧의 백팔 이면 공간과 거기에 있는 마법진."

재한이 담담하게 몇 가지 말들을 늘어놓았다.

그리고 그것들은 지금까지 세현이 했던 일들에서 중요한 의미가 있는 단어들이었다.

"하고 싶은 말이 뭐냐?"

세현이 물었다.

"증거가 없다."

재한이 대답했다.

세현은 미래 필드로 돌아와 한동안 두문불출했다.

재한이 하고 싶은 말은 그것이었다.

세현이 팀 미래로를 이끌고 했던 일들.

지구를 위해 했던 그 고생들이 조금씩 부정되고 있다는 것.

판게아란 공간이 정말로 있다고 어떻게 증명할 것인가.

지구의 행성코어인 가이아가 정말 존재하는가?

그 가이아를 에테르 코어가 잠식했던 것은 정말이고, 그것을 구했다는 것도 사실인가?

크라딧의 열두 필드에서 천공 필드로 이어진다는 백팔 이면 공간은 실존하는 것인가?

그 백팔 이면공간에 정말로 거대한 마법진이 구축되어 있는 것인가?

그리고 그 마법진이 정말로 배반의 크리스마스 실험의 재현 이라고 확신할 수 있는가?

등등등.

짧은 시간 동안에 지구에선 그러한 의문들이 우후죽순처럼 자라나고 있다고 했다.

재한은 그런 소문을 퍼뜨리는 것이 지구에 잠입해 있는 크라덧과 그 크라딧을 추종하는 이들일 것이라고 말했지만, 세현은 그게 전부는 아닐 거라고 생각했다.

'숨통이 조금 트였다는 거지. 딴 생각을 할 정도로 여유가 생긴 거야. 그래서 저희보다 나은 놈으로 보이는 내가 고까워진 거지.'

세현은 어렵지 않게 짐작할 수 있었다.

지구 인류 중에서 유일한 초인으로 알려진 세현이었다.

아직까지 초인이란 영역을 감히 넘볼 준비도 되지 않은 이들은 그 경지를 질투하는 것이다.

아니, 그 능력에 부록처럼 따르게 될 부와 명예, 권력을 부러워하며 그것들이 자신들이 가지고 있던 것들에게 떨어져 나갈 것을 걱정하는 것이다.

자신들의 머리 위에 세현이 올라설 것을 경계해서 벌써부터 연막을 치기 시작한 것.

세현은 그렇게 짐작했다.

'웃기는 것들.'

세현은 미래 필드에 있는 자신의 집 거실에서 피식 웃었다.

욕심 따위는 없는 세현이었다.

세현이 형을 찾은 후에도 이리저리 뛰어 다니며 에테르 기반 생명체들과 싸웠던 이유는, 어쩌다가 가지게 된 책임감 때문이었다.

'진미선, 그녀 때문인가?'

세현은 자신이 그 여자의 영향을 받았다는 것을 깨달았다.

초인이라면 어찌어찌 해야 한다는 자세, 진미선은 세현에게 그러한 것을 은연중에 심어줬던 것 같았다.

'그랬던 것 같군. 초인이 되었으면, 그것도 지구 최초의 초인이 되었으면 당연히 지구를 대표해서 뭔가를 해야 한다고 생각하게 된 것이 그녀 때문일 수도 있겠어. 아니, 그게 아니면 투바투보 때문이겠군.'

세현은 조금씩 생각을 정리했다.

투바투보에 수많은 이종족이 몰려와서 에테르 기반 생명체와 싸우고 있는 이유는 투바투보를 전장으로 만들어 이종족들을 불러오도록 시스템과 협상을 한 누군가가 있기 때문이라고 했다.

그리고 그렇게 시스템과 협상을 하기 위해서는 그만한 격을 지니고 있어야 한다고 했고.

'지구 최초의 초인, 혹은 유일한 초인이 된다면 지구가 정말 위급한 상황에서 당연히 내가 시스템과 교섭을 해야 한다고 생각했었군. 그 생각이 계속 남아 있다가 내가 초인의 경지에 오르고 나서 결국 영웅 행세를 하게 된 거였어.'

세현은 그렇게 자신이 변했던 이유를 되짚어 냈다.

'그게 잘못은 아니지. 내가 할 수 있는 일이라면 할 수도 있

는 거지. 하지만 지금처럼 더러운 꼴을 당하면서도 그걸 할 이
유는 없지?'

세현은 그렇게 생각을 정리했다.

자신이 했던 일이 잘못된 일이라고 생각하지는 않았다.

하지만 제 것을 빼앗길 것을 걱정해서 눈을 흘기는 자들과
부대끼며 뭔가를 하고 싶은 생각은 싹 사라진 세현이었다.

그로 인해서 많은 사람이 희생되겠지만 세현이 그들을 구해
야 할 의무는 없었다.

'내가 줄 수 있는 것을 주지 않는다고 그게 잘못은 아니지.
주는 것이 선(善)이라고 해서 주지 않는 것이 악(惡)이 될 수는
없지 않겠어? 그런데 재한은 왜 갑자기 내게 그런 사실을 알렸
던 걸까? 그건 궁금하네?'

세현은 이제 재한의 의도를 생각해보기 시작했다.

거대 마법진의 위협과 갈등의 씨앗

세현의 모습은 공식적인 석상에서 완전히 사라져 버렸다.

그러자 곧바로 여기저기에서 질타가 쏟아지기 시작했다.

지구 인류 중에서 유일한 초인이 인류의 위기를 모른 척하고
있다는 불평들이 나오기 시작한 것이다.

하지만 그런 원망은 미래 필드까지 전해지지 않았다.

이면공간인 미래 필드에서 머무르고 있는 세현은 지구로 넘어오는 일이 없었다.

게다가 미래 길드로 들어가는 입구는 미래 길드의 본부 안에 있고, 그곳을 관리하는 것은 재한이었다.

고재한은 세현이 있는 미래 필드에 지구의 소식이 넘어가는 것을 최대한 막았다.

그나마 다행스럽게도 그 사이에 크라딧 필드와 백팔 이면공간에 대한 조사는 여전히 이어졌다.

세현이 말한 거대 마법진에 대한 이야기를 믿을 수 없다고 목청을 돋우던 이들도 결국은 만에 하나라도 있을 수 있는 위험을 무시하지 못했다. 사실 그들이 그런 주장을 했던 것은 세현의 입지를 좁혀서 발언권을 제한하겠다는 의도였을 뿐이다.

실제로 세현이 제공한 정보에 대해서는 민감하게 받아들이고 있었다. 더구나 화이트 크라딧들 중에서 에테르 감각이 뛰어난 인들은 실제로 백팔 이면공간에서 일정하게 흐르는 에테르의 흐름이 있다고 확인해 주었다.

그리고 그 흐름을 선으로 연결하면 결국 세현이 보여주었던 마법진의 모습이 될 거란 증언도 곁들였다.

물론 그에 대해서도 크라딧을 믿기 어렵다느니, 어쩌느니 하는 말들이 있었지만, 대부분의 사람들은 거대 마법진의 존재를 암묵적으로 인정하는 분위기가 만들어지고 있었다.

"이제 어떻게 할 겁니까?"

"뭘 어떻게 한다는 겁니까?"

"그 거대 마법진이 2선까지 충전이 되기 시작했다는 보고가 있었습니다."

"그야 지금 이면공간을 점령하고 에테르 코어를 찾아서 폐기하기 위해서 노력을 하고 있지 않습니까. 그러니 시간을 두고 기다려 보면……."

"그래서 그동안에 하나라도 발견해서 처리한 것이 있습니까? 아직까지 백팔 이면공간 중에서 하나도 없애지 못했단 사실을 잊은 겁니까?"

"아직 시간은 있지 않겠습니까. 고작 2선입니다."

"그 2선 다음이 마지막 3선이란 생각은 안합니까? 1선에 24개 이면공간 마법진이 충전이 끝났고, 이제 2선 36개 이면공간의 마법진이 충전되기 시작했습니다. 다음은 마지막 48개의 이면공간만 남는 겁니다. 시간이 있다고요? 그동안에 우리가 뭘 할 수 있다는 겁니까?"

"뭘 하다니요! 지금도 수많은 사람이 이면공간에서 몬스터와 싸우며 에테르 코어를 찾고 있습니다. 에테르 코어만 찾는다면……."

"말만 할 것이 아니라 성과가 있어야지요. 이러다가 정말로 그 거대 마법진이 모두 충전되고 지구 전체에 그 끔찍한 실험이 다시 벌어지게 되면 어떻게 할 겁니까?"

"아니, 그건 아직 확실하지 않은 거 아닙니까. 솔직히 마법진이 확실히 있다고 확언할 수도……."

쾅!

"지금 그 말, 진심으로 하는 말입니까? 마법진의 존재를 믿지 못한다는 그 말 말입니다!"

"아, 아니, 그게 아니라……."

"자자, 좀 진정 하시고, 차분하게 이야기를 해보십시다. 지금 우리를 보고 있는 사람들의 시선이 곱지 않습니다."

"맞습니다. 우리 토벌 위원회에 대해서 좋지 못한 이야기들이 퍼지고 있습니다. 시간만 보내면서 성과를 내지는 못하고, 더구나 마법진의 점점 위험한 모습을 보이고 있다고 말입니다."

"아니, 그런 정보가 멋대로 떠도는 것도 문제가 아닙니까. 그런 극비가 어떻게 일반인들에게 알려진다는 겁니까?"

"쯧, 지금이 어떤 세상인데 그런 소리를 하고 있는 겁니까? 정보 통제는 이제 불가능한 세상입니다. 몬스터 사태 때문에 무너진 통신 체계를 간신히 다시 세우긴 했지만 그게 지역 단위의 연합이라서 제대로 통제가 안 되는 건 모두 아는 사실 아닙니까. 더구나 만약 통제를 시도하다가 들통이라도 나는 날에는 좋은 꼴을 보기 어렵지요."

"아니, 그보다는 미래 길드가 더 문제지요. 그들은 우리 위원회의 행사에 소극적이면서 정보 공개 수준도 너무 높아요."

"그래도 카미 필드에서부터 이어지는 이면공간 중에서 위험한 곳을 책임지고 있는 상황에서 그들에게 뭐라고 하긴 어렵습니다. 그러자면 여러 위원님께서 좀 더 투자를 하셔야 하겠지요."

"끙!"

"그건 좀……."

*   *   *

"난리 났군."

고재한은 크라딧의 위협을 제거하기 위해서 만들어진 토벌위원회의 회의를 지켜보다가 고개를 흔들었다.

위원으로서 회의에 참석할 자격이 있었지만 미래 길드의 일 때문에 참석하지 못한다는 핑계를 대고, 화면을 통해서 회의 참관을 하던 중이었다.

회의장 전체를 홀로그램으로 보여주며 필요한 경우에는 사람 하나 하나를 확대해서 살펴볼 수도 있는 시스템은 재한이 굳이 회의장을 가지 않아도 충분하게 해주었다.

"안 간 것이 다행이지. 가 봐야 저 꼴을 직접 눈으로 보면서 시간만 뺏겼을 테니 말이야."

"뭐, 그렇긴 하겠네. 그래도 회의에 자주 빠지면 좋지 않을 텐데? 발언권이 약해지지 않겠어?"

재한의 중얼거림에 오랜만에 본부에 찾아 온 나비가 충고하듯 말했다.

아이 엄마가 된 나비는 길드 고문의 신분이었지만 좀처럼 길드 일에는 참견을 하지 않았다.

그런 나비가 오랜만에 재한을 찾아 온 것이다.

"그 정도로 약해질 발언권이 아니지. 사실 우리 미래 길드가 토벌대에서 차지하고 있는 비중은 무시할 수 없는 수준이니까."

"그거, 실제로 세현이 쌓아놓은 기반 아니야?"

"그렇긴 하지. 하지만 미래 길드의 길드원들이 일선에서 노력하고 있는 것도 만만찮은 일이라고. 세현의 공만 크다고 하면 곤란하지."

"음, 역시 그런 거야?"

나비가 재한을 의미심장한 눈빛으로 보며 조금은 굳은 표정으로 말했다.

"그런 거라니?"

"듣자니까 네가 세현에게 일선에서 물러서라고 했다던데? 길드원들은 세현이 마스터에서 물러나고, 네가 마스터가 될 거라는 이야기도 하고 있고."

"음, 그런 소문이 돌고 있다고?"

"왜? 아니라고 할 거야? 너, 말하는 거 들어보니까 그런 것 같은데?"

나비는 재한의 의중을 파악하기라도 하겠다는 듯이 매서운 눈빛으로 쳐다봤다.

"내가 세현에게 한 걸음 물러나 있으라고 권한 것은 사실이지. 하지만 그 선택은 세현의 몫이었다. 그 녀석, 뭔가 홀린 듯이 여기저기 참견을 하고 있었는데, 너도 알다시피 그건 세현의 본모습이 아니었지. 안 그러냐?"

"그래서?"

"그래서 나는 그 녀석에게 본모습을 되돌아보라고 했을 뿐이지."

"그런데 왜 길드 마스터에서 물러난다는 소문이 돌아? 그거랑 그거랑은 전혀 다른 문제 아냐?"

나비의 추궁에는 재한이 뭔가 꾸미고 있는 것이 아닌가 하는 의심이 들어 있었다.

"나비, 너는 내가 미래 길드의 마스터로 부족하다고 생각하는 거냐?"

그런 나비에게 재한이 묵직하게 가라앉은 음성으로 물었다.

"뭐? 뭐야, 너 정말로 그런 생각을 가지고 있었던 거야?"

나비가 깜짝 놀라서 재한에게 물었다.

"내가 그런 생각을 가지고 있느냐 아니냐는 나중에 따지고 나비, 네가 보기에 내가 미래 길드의 마스터로 어울리지 않는다고 생각하냐고. 난 그게 궁금해."

나비가 격한 반응을 보이거나 말거나 상관없다는 듯이 재한은 다시 한 번 나비에게 같은 질문을 던졌다.

나비는 재한이 그 대답을 꼭 듣고 싶어 한다는 사실을 깨달았다.

"너… 그래, 미래 길드의 마스터로 충분히 자격이 있어. 지금까지 미래 길드의 대소사를 네가 거의 이끌어 왔으니까. 하지만 세현과 너를 두고 이야기하자면 나는 세현이 길드 마스터에 더 어울린다고 생각해."

나비는 자신의 생각을 가감 없이 털어 놓았다.

"어째서 세현이 나보다 더 어울린다는 거지? 일을 해도 내가 더 많은 일을 하고 있는데?"

재한은 여전히 굳은 표정으로 따지듯이 물었다.

"일을 하는 걸로 따지면 말단 길드원들이 너보다 훨씬 바쁘게 일을 하지. 그렇다고 그 길드원이 마스터에 어울린다고 하지는 않아."

"그러니까 네 말은 내가 하는 일이 세현이 하는 일에 비해서 가치가 떨어진다는 거냐?"

"그 말이 아니야. 길드 마스터는 길드의 비전을 제시하는 사람이야. 그리고 그 비전을 이루는 사람이기도 하지. 그런 의미에서 세현은 언제나 미래 길드가 나갈 길을 제시하고, 또 그 디딤돌을 놓아줬어. 너는……."

"나는?"

"너는, 그렇게 놓인 길을 뒤따라가면서 다지고 넓힌 사람이지."

"그럼 이제 내가 길드의 미래를 제시하면 되겠네? 그럼 내가 길드 마스터로서의 자격을 가지는 건가?"

재한이 나비를 보며 물었다.

"그게 그만한 가치가 있다면 그럴 수 있겠지. 네 덕분에 세현이 외부 활동을 하지 않게 되었다면, 그가 쉬는 동안에 네가 그의 자리를 대신할 수는 있을 거야."

나비는 재한도 충분한 능력이 있다고 생각했다.

그러니 세현이 움직이지 않는 동안에 재한이 미래 길드를 이끌 수도 있었다.

"하지만 네가 어떻게 해도 세현에게서 미래 길드를 빼앗는 것은 옳지 않아. 차라리 네가 새로운 길드를 만들어. 그게 옳을 것 같아."

"미래 길드는 내 것이 아니란 소리구나?"

재한은 나비의 뜻을 그렇게 받아들였다.

"욕심이 난다면 너를 따르는 길드원들과 함께 새로운 길드를 만들면 되는 거야. 굳이 '미래'라는 이름이 필요해? 그건 그냥 세현에게 줘."

나비는 재한과 세현이 다투는 것을 보고 싶지 않았다.

나비가 보기에 세현은 그다지 욕심이 많은 사람이 아니었다. 하지만 욕심이 없다는 것과 자신의 영역을 침범당하고도 묵인하는 것은 상관이 없었다.

세현은 자신을 공격하는 이를 가만히 두고 볼 사람은 아니었다.

재한이 세현을 미래 길드에서 뽑아내려고 하면 그것은 곧바로 세현에 대한 적대 행위가 될 것이다.

"쯧, 그만하자. 장단 좀 맞춰 주다가 정말로 내가 무슨 양아치가 되는 기분이다. 분명히 말하는데 나는 세현을 길드 마스터에서 밀어낼 생각이 없다."

그때, 나비가 무슨 생각을 하는지 충분히 알겠다는 듯이 재한이 조금은 허탈한 표정을 지으며 말했다.

몸에서 힘을 빼고 소파에 늘어지듯 기댄 재한의 표정에는 힘이 없었다.

"정말이야?"

"당연하지. 아니, 솔직히 그래야 할 이유가 없잖아. 지금도 미래 길드의 거의 모든 것을 내가 결정하고 있다. 그런데 굳이 세현을 경계할 이유가 있다고 생각하냐? 더구나 세현은 지구 유일의 초인이야. 그런 세현을 미래 길드에서 축출? 그건 미친 짓이지."

"뭐, 말이야 그게 옳기는 하지만."

"거기다가 내가 다른 이름으로 길드를 만들어서 좋을 것이 뭐가 있는데? 솔직히 미래 길드의 이름을 다른 것으로 바꿨다고 할 수 있을 정도로 길드원들 데리고 나갈 수도 있어. 세현의 영향력은 사실 팀 미래로와 몇몇 오래된 길드원들을 빼면 그리 강하지 않으니까. 하지만 내가 그렇게 할 이유가 전혀 없지."

"뭐, 그렇다면 다행이긴 하네. 그런데 왜 그런 소문이 돌고 있는 거지?"

나비는 오랜만에 자신이 길드 본부까지 나왔던 이유가 그 소문 때문임을 간접적으로 드러냈다.

"그건 나도 모르지. 하지만 분명히 말하는데 그건 나와는 상관없는 소문이야. 아니지, 일단 그런 헛소리가 퍼지고 있다면 일단 정리를 하기는 해야겠네. 그런 얼토당토않은 이야기 때문에 길드 내의 분위기가 흐트러지면 안 될 테니까."

재한은 스스로 헛소문을 잠재우겠다는 의지를 나비에게 보여주었다.

"그럼 걱정할 거 없겠네. 나참, 이럴 거면 괜히 여기까지 왔네. 그냥 영상 통화로 할 걸."

나비가 그런 재한의 모습에 안도의 한숨을 쉬면서 얼굴 표정이 밝아졌다.

그리고 웃는 표정으로 재한의 사무실을 떠났다.

"…미래 길드? 내가 이걸 욕심낸다고? 그것 참, 웃기는 소리
군. 이 고재한이?"

나비가 떠난 후, 고재한은 홀로 앉아서 어이가 없다는 듯이
혼잣말을 하며 인상을 찌푸렸다.

Chapter 7

발등에 불 떨어진 거야?

"크, 큰일 났다!"

"뭐가?"

세현은 미래 필드에 있는 자신의 집 마당에서 에테르 서클 호흡에 집중하고 있다가 급하게 다가오는 재한의 기척에 호흡을 마무리하고 기다렸다.

그런데 재한은 세현을 보자마자 큰일이 벌어졌다고 다급한 마음을 숨기지 못했다.

"파나마와 과테말라가 사라졌다."

"음? 그게 무슨 소리야? 파나마? 그 운하 있는 곳? 남미하고 북미를 연결하는 거기 말하는 거야? 거기다가 콰테말라? 그건 어디야?"

"파나마, 코스타리카, 니카라과, 엘살바도르, 온두라스, 과테말라가 남쪽에서 북쪽으로 쭈욱 연결되어 있다. 그런데 그 나라들이 사라졌어. 그나마 과테말라는 일부만 사라졌지만 나머진 완전히 없어졌어. 그리고 그 때문에 일어난 공동화 현상으로 해일이 일어나는 바람에 맥시코와 콜롬비아가 큰 피해를 입었고. 이걸 봐!"

재한이 급하게 품에서 종이로 된 지도를 꺼내 흙바닥에 펼쳤다.

당장 세현의 집 안으로 들어가서 설명할 겨를을 찾지 못할 정도로 재한은 당황한 모습이었다.

"여기 보이지? 남미와 북미의 연결 지점."

"그래. 거기 파나마 운하 때문에 유명한 곳이잖아. 거기 운하를 지나지 않으면 해상 운송에 엄청난 비용이 증가된다고 했었지."

세현도 어릴 때에 수업 시간에 배워서 아는 상식이었다.

"젠장, 이젠 그럴 필요가 없어졌다. 여기가 이렇게 휑하게 비어버렸어."

재한이 에테르를 이용해서 종이의 일부를 흔적도 없이 날려버렸다.

"으음……."

세현은 그렇게 비어버린 지도의 모습에서 사태의 심각성을 깨달았다.

"이거 그거냐? 크라딧? 배반의 크리스마스 실험?"

세현이 혈색이 사라진 얼굴로 물었다.

"그게 아니면 뭐겠냐?"

"아니, 아직 거대 마법진의 충전이 완전히 이루어진 것도 아니라면서? 그런데 왜 그런 일이 생겨?"

세현은 도저히 상황을 이해할 수가 없다는 듯이 재한에게 따졌다.

"그걸 내가 어떻게 알아?"

"그래서 지금 그 거대 마법진을 확인하긴 한 거야? 충전이 2선에서 이루어지고 있었다고 했잖아!"

"맞아. 천공 필드와 연결된 스물네 개의 이면공간에선 충전이 끝나고, 그다음 서른여섯 개의 이면공간에서 충전이 되고 있는 것으로 알고 있었지."

"그것도 그 서른여섯 개의 이면공간에서 충전이 완료되려면 적어도 몇 년은 걸릴 거라며?"

세현이 버럭 고함을 질렀다.

비록 그가 미래 필드에 칩거하고 수련에만 집중을 하고 있다지만, 그렇다고 크라딧의 거대 마법진에 대해서 완전히 눈과 귀를 달고 있었던 것은 아니었다.

그동안 미래 길드를 통해서 그에 대한 정보는 빼놓지 않고 받아 보고 있던 상황이었다.

"맞아. 우리도 그렇게 파악하고 있었어. 그래서 조금은 여유가 있다고 생각했지."

"그런데 어떻게 이런 일이 생겨? 이 정도면 도대체 얼마나 많은 사람들이 사라진 거야?"

"워낙 낙후된 곳이라 그동안 몬스터 사태에서 인구가 많이 감소한 나라들이긴 했지만 이번에 사라진 사람들만 대략 1,500만 정도가 된다."

"미, 미친……!"

세현은 재한의 대답에 너무 놀라서 벌어진 입을 다물지 못했다.

이전 배반의 크리스마스 실험에서 사라진 사람들의 수를 전부 합쳐도 그 십분의 일이 안 될 것이다.

그런데 한 번에 1,500만의 사람들이 사라졌다니 쉽게 받아들여지지 않는 것이다.

"아예 일정 공간이 도려낸 듯이 사라졌다고 하니 과거의 실험과 같은 현상이다. 다만 그 범위가 엄청나다는 것이 문제지."

"지랄! 결국 그 거대 마법진이 문제겠지? 그게 아니면 다른 뭔가가 있는 걸까?"

세현이 재한을 보며 물었다.

"아직 모르겠다. 대부분 그 거대 마법진을 의심하고 있지만, 실제로 그건 충전 중이라서 그게 아니라 다른 뭔가가 있는 것이 아닌가 하는 말도 나오고 있다."

"미치겠네. 도대체 어떻게 된 거지?"

세현도 재한의 말에 머리가 복잡해지는 것을 느꼈다.

거대 마법진은 충전 중인데 지구에선 사고가 생겼다.

그렇다면 거대 마법진이 아닌 다른 뭔가가 있다고 볼 수도 있는 것이다. 거기다가 이번에 일어난 일은 언제든 다시 일어날 수 있다는 것이 문제였다.

지구의 어느 한 부분이 어느 날 갑자기 사라지는 것이다.

흔적도 남기지 않고 어디론가 사라진 그들은 이제 과거의 크라딧들이 그러했던 것처럼 조금씩 에테르 생체구조를 가지고 변하게 될 터였다.

"생각해 보니까 그것도 돌연변이라고 봐야겠지?"

"그나마 제정신을 차리고 있는 상태에서 벌어지는 돌연변이지."

"제정신? 그게 지금 말이 된다고 생각하나?"

재한의 말에 세현이 고함을 질렀다.

"그래도 일정 이상으로 신체가 변하기 전까지는 에테르 코어의 지배를 받지 않는다고 했잖아. 그러니까 일단은 제정신이라고 봐야지."

재한이 슬쩍 인상을 찌푸리며 말했다.

"하지만 결국 그 변화를 막지 못하면 모든 사람이 에테르 코어의 지배를 받는 신세가 된다! 노예나 도구처럼 부려지게 된다고!"

"그 전에 무슨 수를 내야겠지."

세현의 말에 재한이 굳은 표정으로 말했다.

"빌어먹을, 우리 형수가 고작 감염된 손 하나에서 그 변화를 멈추는 데 얼마나 큰 노력이 들었는지 알고나 하는 소리냐? 결국 초인의 경지에 오르고 나서야 그 족쇄에서 벗어났어. 그런데 그런 사람이 1,500만 명이다. 그걸 어떻게 하냐고! 거기다가 이게 끝이라고 누가 장담해?"

세현이 목소리를 높였다.

지금 상황이 재한의 잘못이 아님을 알면서도 차오르는 화를 참지 못하는 것이다.

"이미 사라진 사람들은 어쩔 수 없다는 분위기다. 그들을 구하는 방법은 화이트 크라딧들에게 맡기는 수밖에 없다는 거지."

"뭐? 하, 기가 막히네."

세현은 재한의 말에 어이가 없어서 헛웃음을 터뜨리고 말았다. 하지만 잠시 후, 세현 역시 이번에 사라진 사람들을 구할 뾰족한 방법이 없다는 데 동의하지 않을 수 없었다.

그나마 화이트 크라딧, 그중에서도 인펙션 크라딧들이 있으니 앞으로 에테르 코어의 지배를 받는 블랙 크라딧들을 만나면 어떻게든 정신을 되돌릴 수는 있을 것이다.

"…그런데 문제가 있다."

세현이 고개를 끄덕이는 모습을 보며, 세현이 어느 정도 진정이 되었다고 느꼈던지 재한이 무거운 표정으로 말했다.

"문제라니?"

세현은 여기서 또 무슨 말이 더 나올지 겁이 난다는 표정으로 재한을 바라봤다.

"화이트 크라딧 중에서 어퓨 크라딧으로 전향하는 이들이 늘어나고 있다."

"뭐, 뭐라고? 어퓨 크라딧?"

세현은 이번에도 할 말을 잃은 듯이 잠깐 동안 입을 벌리고 굳어버렸다.

어퓨 크라딧은 에테르 코어의 지배를 받지 않으면서도 그에 동조하는 이들이었다.

애초에 열세 개의 길드가 배반의 크리스마스 실험을 하고 나서 에테르 생체구조를 지닌 몸으로 변해갈 때에 어떤 수를 썼는지 제정신을 유지했던 이들.

그리고 그 후로 에테르 코어의 보호를 받으며 크라딧 필드를 성장시켰던 이들이 바로 그들이었다.

그런데 에테르 코어의 지배를 받으며 자유를 잃었다가 제정신을 차린 화이트 크라딧 중에서 어퓨 크라딧으로 돌아서는 이들이 있다는 말은 믿기 어려웠다.

자신의 자유를 빼앗고 노예로 부렸던 에테르 코어와 협력 관계가 되려는 이들이 있다니.

"생각해 보면 그렇게 놀랄 일도 아니다. 크라딧은 모두가 에테르 기반 생명체라고 봐야 한다."

"그래도 에테르 코어의 지배를 받지는 않잖아. 독립적인 자아를 지니고 있는 이성적인 사람들이잖아!"

"그래, 따지고 보면 그들 역시 인간이지. 하지만 그래서 더 문제가 되는 거 아니겠냐?"

"뭐라고?"

"인간이니까!"

"으음."

세현은 재한의 고함에 할 말을 잃고 입을 다물었다.

'인간'이기 때문에 그럴 수 있다는 말을 부정할 수가 없었기 때문이다.

인간은 욕망을 지니고 있다.

그리고 그 욕망을 이루기 위해서 각자의 선택을 하게 마련이고, 그 선택이란 것이 언제나 '좋은' 쪽으로 되는 것은 아니다.

때로 인간의 선택은 누구도 상상하기 어려운 방향으로 결정되기도 한다는 것을 세현도 알고 있었다.

"몸뚱이가 어차피 에테르 생체구조로 바뀐 마당에, 굳이 인간의 편을 들어야 할 이유가 없다는 이들이 생긴 거겠구나?"

세현이 가라앉은 목소리로 물었다.

그 목소리에는 화이트 크라딧이 어퓨 크라딧으로 변심하는 것을 이해할 법도 하다는 느낌이 담겨 있었다.

"그렇다고 어퓨 크라딧이 에테르 코어에 종속된 것도 아니지. 그들은 나름 독자적인 노선을 유지하고 있는 것 같다."

"지랄, 그래서 지금 지구 전체를 자신들과 같은 종족으로 바꾸려고 한다는 거냐?"

세현이 으르렁거리듯이 말했다.

"그들이 일을 벌인 거라는 확증은 없지만, 가능성은 가장 높지. 그리고 크라딧이 이번 사건을 벌인 거라면, 그들이 지구에 살고 있는 모든 인간을 자신들과 같은 크라딧으로 바꾸려 하고 있다고 봐야겠지."

"뭐 나온 거는 없냐? 그 실험도 어차피 에테르를 이용한 거잖아. 그동안 다른 이종족들과 거대 마법진에 대해서 논의를 했던 걸로 아는데?"

세현은 혹시나 하는 마음에 물었지만 돌아오는 것은 재한의 부정이었다.

재한은 세현을 보며 고개를 좌우로 천천히 흔들었다.

"네가 준 거대 마법진의 일부, 그게 그나마 제일 정확하고 넓게 밝혀진 마법진이야. 그걸로는 이종족들 중에서 마법진에 능하다는 이들도 도저히 감을 잡지 못하겠다고 하더라고."

"그럼 다른 곳도 가 봐야지. 미국하고 프랑스 쪽에서도 크라딧 필드를 점령했잖아. 그럼 거길 통해서 다시 열여덟 개의 이면공간을 탐색할 수 있었을 텐데?"

세현이 그동안 도대체 뭘 했느냐는 표정으로 재한을 바라봤다.

"야, 이면공간에서 에테르의 흐름을 정확하게 읽고 선으로 표현해 낼 수 있을 정도의 능력자가 흔한 줄 아냐? 그리고 있다고 해도 그런 사람들이 한 번에 확인할 수 있는 범위는 고작 수십 미터에 불과해. 그런 사람들로 에테르의 흐름을 일일이 확인해서 그린다고 그게 제대로 된 마법진이 될 것 같으냐? 중간에 조금만 아차 실수해도 전혀 다른 마법진이 될 텐데? 그리고 사실 네가 가지고 온 그것도 100% 정확하다고 할 수 있냐?"

세현은 재한의 물음에 대답하지 않았다.

적어도 자신이 생각하기에 자신이 그린 일부 마법진은 아주 정확한 것이었다.

자신이 아닌 '팥쥐'가 찾아서 그린 것이 아니던가.

하지만 그걸 굳이 주장할 생각은 없었다.

'내가 나서야 하나?'

세현은 침묵을 지키며 고민에 빠졌다.

'내가 나서면 백팔 이면공간 중에서 적어도 열 개 이상은 소멸시킬 수 있지 않을까?'

세현은 다른 사람들과 달리 '팥쥐'라는 엄청난 탐색 방법을 가지고 있었다.

'팥쥐'라면 이면공간에서 에테르 코어를 찾아내는 것이 어렵지 않을 것이다.

이전에도 '팥쥐'는 이면공간을 유지하는 핵인 에테르 코어를 몇 개 찾았었다. 그때, 썼던 방법으로만 하더라도 크라딧 필드와 연결된 이면공간들을 처리하는 것이 어렵지는 않을 것이다.

'그래도 크라딧 놈들이 이면공간의 에테르를 전부 통제할 수 있는 곳이라면 나도 방법이 없지. 그러니 2선과 3선, 어쩌면 3선만 처리가 가능할 수도 있겠군.'

세현은 그런 생각을 하며 슬쩍 인상을 찌푸렸다.

"어쨌거나 일이 이렇게 되어서, 지금 전 세계가 난리가 났다."

"난리? 왜, 모두 이면공간으로 도망이라도 가고 있냐?"

세현이 비웃는 것 같은 표정으로 재한에게 물었다.

"어? 너, 어떻게 알았냐?"

재한은 세한이 지금의 복잡한 상황을 벌써 알고 있다는 듯이 말하자 깜짝 놀라서 물었다.

"어떻게 알긴 어떻게 알아? 지구에 있다가 어느 순간에 블랙 크라딧이 실험의 대상이 될지 모르는 상황인데, 다들 이면공간으로 도망가려고 하겠지. 특히 가진 것이 많고, 힘이 센 놈들부터… 뭐, 나도 이곳 미래 필드에 이러고 있으니 남 말을 할 처지는 아닌 것 같다만."

세현은 그렇게 말을 하고는 한숨을 쉬었다.

불안에 떠는 사람들 등치기?

"말 그대로 이면공간 러시다. 어떻게든 이면공간으로 몸을 피하려는 사람들로 난리가 났지."

"결국 이면공간 전송장치를 얼마나 확보하고 있느냐 하는 것이 문제겠네?"

세현이 묘한 웃음을 지으며 물었다.

"뭐, 그렇지."

재한 역시 세현과 닮은 웃음을 보였다.

누가 뭐라고 해도 이면공간 전송장치는 미래 길드가 제일 앞서고 있고, 또 보유하고 있는 수량도 많았다.

전송장치를 제일 처음 만든 것이 미래 길드고, 그것을 보급한 것도 미래 길드였다.

물론 전략적인 가치가 크고 자칫 크라딧의 손에 들어가면 문제가 생기기 때문에 초기에 관리를 엄격하게 해서 널리 퍼지진 않았던 물건이다.

하지만 어느 순간 그 전송장치가 크라딧에게 넘어가서 결국은 지구의 행성 코어가 있는 판게아 세상까지 위험하게 만들었었다.

그래서 그 후엔 더욱 관리를 철저하게 하기도 했었다.

하지만 세현이 판게아에 가 있는 7년 동안에 크라딧은 물론이고 지구의 다른 길드들 역시 전송장치를 만드는 데 성공했다.

하지만 크라딧의 전송장치는 크라딧 필드에서 지구로 나오기 위해서 만들어진 것이고, 지구의 다른 길드들이 만들어낸 전송장치는 미래 길드의 그것에 비해서 성능이 좋지 않았다.

전송장치의 성능은 누가 뭐라고 해도 얼마나 많은 인원을 이동시킬 수 있느냐 하는 것으로 귀결된다.

그런 면에선 미래 길드의 이면공간 전송장치가 최고 성능임은 모두가 인정하는 것이었다.

그 때문에 크라딧 토벌대에서 사용하는 전송장치는 모두가 미래 길드에서 만들어진 것이다.

대규모 인원을 한꺼번에 투입할 수 있다는 것은 전략적으로 큰 가치를 지니는 것이다.

"전송장치 만든다고 난리가 났겠네?"

세현이 재한을 보며 물었다.

"뭐 그렇지. 하지만 그게 어디 쉽냐?"

"하급이라도 에테르 코어가 흔한 것은 아니지. 아무렴."

세현은 재한의 말에 그렇게 대꾸했다.

이면공간 전송장치를 만드는 데 반드시 필요한 것이 에테르 코어이기 때문이다.

그것이 없이는 전송장치를 만들 수가 없는데, 에테르 코어를 얻으려면 이면공간 하나를 소멸시키거나 혹은 특별한 몬스터를 잡아야 한다.

하지만 에테르 코어를 지닌 몬스터는 무척 드물게 발견이 되는 것이어서, 이면공간을 소멸시키는 쪽이 에테르 코어를 확보하기 더 쉬운 방법이었다.

"하지만 이면공간을 포기하는 것도 쉽지는 않지."

재한은 그렇게 말을 하며 고소하다는 표정을 지었다.

이면공간에서 에테르 코어를 찾는 것은 어렵다.

무척 세밀하게 이면공간 전체를 살펴야 겨우 에테르 코어를 찾을 수 있는데, 그것도 어느 정도 운이 따라주지 않으면 안 된다.

결국 에테르 코어의 위치를 파악하고 있는 이면공간이란 대부분 길드에서 오래 관리한 곳일 수밖에 없다.

그리고 길드에서 오래 관리한 이면공간은 그만큼 그들이 중요하게 여기는 곳이란 의미다.

당연히 그곳을 포기하고 에테르 코어를 획득하는 것은 쉽지 않은 결정이다.

"전송장치가 급격하게 늘어날 확률은 별로 없다고 봐야겠군."

"그렇지. 덕분에 티켓이 꽤나 비싸게 팔려. 크크."

재한이 재미있다는 듯이 웃었다.

"티켓이라?"

"벌써부터 이면공간 땅 투기가 시작이 된 것 같아."

"미래 길드가 확보하고 있는 이면공간도 제법 될 텐데?"

세현이 재한을 보며 물었다.

"뭐, 넓이로만 따지자면 대한민국 절반 정도 넓이는 되지 않을까? 남색 등급도 하나 있으니까. 파란색 등급은 제법 되고, 그 아래 초록색은 쉰 개 정도 될걸? 그 이하는 따로 관리하는 곳은 없지만 우리가 관리하는 이면공간들 사이에 끼어 있는 곳이 많아서 대부분 우리 소유라고들 인정을 하는 곳이지."

"상당하네? 그럼 우리도 사람들을 받아들이고 있나?"

"신청하는 사람들이 많기는 한데, 아직은 아니야. 그냥 평소처럼 하고 있어."

"앞으로 어떻게 할 거냐?"

세현이 물었다.

"그걸 나 혼자 결정하면 되겠냐? 길드 마스터인 너도 있고, 또 간부들도 많이 있는데?"

재한은 세현의 물음에 한 걸음 물러나는 모양새를 취했다.

"지금 신청하는 사람들, 대부분 부자지?"

세현이 재한을 보며 못마땅하다는 표정으로 물었다.

"뭐 그렇지. 아직까지 우리 길드에서 이면공간으로 사람들을 이주시키겠다는 소리도 하지 않았는데, 그런 신청을 할 정도면 힘없는 사람들은 아니지."

"마음에 안 드는데?"

세현이 여전히 표정을 굳힌 상태로 중얼거렸다.

"네가 내키지 않는다면 이주 신청을 받지 않으면 된다. 뭐, 미래 길드에 속한 사람들과 그 가족들이 신청하면 어쩔 수 없긴 하지만……."

"우리 가족들이야 당연히 원하는 대로 해줘야지. 옮기고 싶다면 옮길 수 있도록 해주고, 정착하는 데도 도움을 주고. 하지만 다른 사람들은 영 내키지 않는데?"

"그럼, 그만둘까?"

"아니, 그보다는 아주 비싸게 팔자. 이면공간으로 가려면 지구의 것을 포기하는 쪽으로 유도해서 싹싹 털어버려. 그리고 적당한 이면공간으로 모두 몰아 넣어버리는 거지."

"응? 그게 무슨 소리야?"

"이면공간에 몬스터가 널려 있다는 사실을 그들도 알 거 아냐? 그러니 좀 더 안전한 곳은 비싸다는 식으로 가격에 차이를 두는 거지. 안전이 보장된 곳일수록 비싸다는 뭐 그런 거. 그리고 몬스터가 거의 없는 이면공간으로 이주를 시켜주는 거야."

"몬스터가 거의 없는 곳?"

"뭐 그런 곳이 사람들이 살기에 좀 열악한 환경일 수도 있지만, 그거야 그들 사정 아니겠어?"

"아, 무슨 소린지 알겠다. 그런데 그거, 사기 아니냐?"

"영 못 살 곳은 아니잖아."

"하지만 그렇게 되면 우리 길드에 대해서 안 좋은 소문이 날 수도 있는데?"

"크크큭, 어차피 막장인 상황이야. 지금 지구 여기저기에 구멍이 뚫리면서 사람이 에테르 코어의 노예가 되는 상황이라고. 그런 상황에서 벗어나게 해주는데 그게 뭐가 어쨌다고? 솔직히 너는 지구에서 탈출할 수 있는 사람의 수가 얼마나 될 것 같으냐? 몇 %나 이면공간으로 탈출할 수 있을 것 같으냔 말이다."

세현이 재한을 뚫어져라 쳐다보며 물었다.

그 눈빛에는 사늘한 분노가 담겨 있었다.

재한은 그 분노가 기득권을 지니고 있는 이들을 향한 것임을 짐작했다. 형의 실종 이후로 세현이 가슴에 쌓았던 분노일 거라고 생각하며 재한은 살짝 한숨을 쉬었다.

"그래, 그래서 일단 잘난 놈들을 벗겨먹자는 소리냐?"

"모두 그렇게 하라는 건 아니지. 하지만 우리 길드 정도면 신청자들에 대한 기본적인 정보 수집은 가능하잖아. 그럼 그 정보에 따라서 벗겨먹을 놈과 아닌 사람을 구별할 수 있겠지."

"우리가 무슨 정의의 사도도 아니고 무슨……."

"그래서 싫다고?"

"아니, 재미있겠다고. 노블리스 오블리제, 그걸 개떡같이 아는 놈들에겐 그만한 대가를 치르게 해야지. 크크큭."

재한이 정말 재미있겠다는 표정으로 키득거렸다.

"지금 벌 떼처럼 몰리는 것들은 대부분이 사회 지도층이란 놈들이겠지. 알아서 처리해. 한쪽으로 몰아넣는 것도 좋겠지. 이왕이면 이면공간 통로가 하나밖에 없는 곳으로 몰아넣고, 그 통로만 틀어막으면 되는 거잖아. 꼼짝도 못 하겠지."

"어차피 이면공간 통행증이 없으면 다른 곳으로 갈 수도 없다. 천공기를 지니고 있는 천공기사라도 그건 안 되지."

"계약을 확실히 해서 헛소리 나오지 않게 하고."

"알았다. 그야 뭐, 법무팀에 맡기면 될 일이지."

"잘해봐."

세현은 그렇게 이야길 하고는 몸을 일으켰다.

"왜? 어딜 가게?"

"나가봐야겠다. 지금 지구의 상황이 어떤지 눈으로 확인을 해봐야겠어. 그리고 백팔 이면공간의 거대 마법진도 확인을 좀 해보고."

세현은 그렇게 오랜만에 미래 필드를 벗어났다.

      *   *   *

세현이 본 지구의 모습은 그야말로 혼돈(混沌)과 공황(恐慌)의 장(場)이라 할 만했다.

추정하기론 최소 1,500만 명의 사람이 지구에서 사라졌다.

그리고 그들은 익히 알고 있는 크라딧이란 존재가 될 것이라고 예상되고 있었다.

이전에는 크라딧이 그저 이면공간으로 떠난 배신자 정도로 인식되고 있었지만 지금은 아니었다.

시간이 흐르면 몸이 에테르 생체구조로 바뀌게 되고, 그러면서 동시에 에테르 코어의 노예로 변하게 된다는 것이 널리 알려진 상황이었다.

에테르 코어의 지배를 받는 노예인 블랙 크라딧은 그 속박에서 벗어난 화이트 크라딧 덕분에 사람들에게 더욱 명확하게 인식되어 있는 상황.

그러니 파나마 등지에서 사라진 이들이 블랙 크라딧이 될 거란 추측은 정해진 사실처럼 사람들에게 다가왔다.

게다가 언제 어디서 또 그와 같은 일이 벌어질지는 아무도 알 수 없는 상황.

이 재앙은 지구 어디에도 마땅한 대피처가 없는 것이었다.

그러니 이면공간이라는 피난처를 향해서 사람들이 벌 떼처럼 몰릴 수밖에 없었다.

지구는 엉망이 되어 있었다.

질서는 도덕이나 윤리라는 의식이 아니라 강력한 힘을 지니고 있는 단체에 의해서 아슬아슬하게 유지되는 상황이었다.

'시간이 지날수록 이 혼란은 더욱 커지겠지. 그렇게 되면 크라딧 필드나 백팔이면공간에 대한 공격은 힘을 잃게 될 터. 그걸 노린 걸까?'

세현은 지구의 상황을 어느 정도 확인하고는 곧바로 카미 필드로 들어갔다.

"아니, 나는 왜 또 끌고 가는 건데? 가만히 쉬고 있는 나를 왜?"

올토아낙이 세현에게 끌려가며 투덜거렸다.

세현이 지유에선에 다녀오는 동안에 얌전하게 미래 길드에서 기다리고 있던 올토아낙은 판게아로 들어가는 입구가 열릴 때까지 세현과 함께하기로 했다.

어느 정도 화이트 크라딧과 인펙션 크라딧이 확보된 상황에서 올토아낙은 꼭 필요하지는 않은 존재였다.

그러니 판게아로 돌아가고 싶어 했는데, 판게아로 들어가는 입구들이 완전히 막혀 있어서 방법이 없었다.

세현은 그런 상황이 무척 불안했다.

올토아낙은 폴리몬이었다.

비록 에테르 코어의 지배를 벗어나 독립한 상태라고 해도 결국 에테르 기반 생명체임을 생각하면, 완전히 믿을 수는 없었다.

"네가 에테르 코어의 의지를 좀 읽어줘야지. 내가 그걸 할 수는 없잖아."

세현이 투덜거리는 올토아낙을 달래듯이 말했다.

"아니, 이쪽에선 어머니의 의지가 거의 흐르지 않는다니까? 이건 뭔가 이상하다고."

"그럼 이쪽 이면공간의 에테르 코어가 발산하는 의지는? 그것도 없어?"

"그야 당연히 있지. 하지만 그런 경우에는 단순하다고. 의지가 없는 에테르 코어는 원래부터 가지고 있는 명령만 무한 반복하는 거지. 에테르 기반이 아닌 생명체에 대한 공격 의지. 거기에 이성을 지니고 있는 존재를 우선으로 하는 것이 더해지는 거지. 이면공간을 유지, 관리하는 데 사용되는 에테르 이외에 남는 에테르는 모두 그런 명령을 따를 권속을 만드는 데 쓰고 그 외엔 없어. 단순하다고."

올토아낙은 에고를 지니지 않은 에테르 코어에 대해서 그렇게 평가했다.

"그래서 다른 의지는 느껴지지 않는다는 거야?"

"이상하게 그렇다고. 이쪽 이면공간들은 뭔가 조금 이상해. 어머니의 의지는 어디서나 확고하게 전달이 되는 건데 말이야. 이면공간 자체가 에테르 코어에 의해서 유지가 되는 곳이라서 어머니의 의지는 명확하게 전달되어야 하는 거라고."

올토아낙은 이해가 되지 않는다는 표정이었다.

"뭔가 있겠지. 어쨌거나 이쪽으로 네가 어머니라고 하는 에테르 코어의 의지가 전해지지 않는 것은 확실한 거네?"

"음. 전에는 내가 착각을 했던 것 같은데, 이전에 이쪽에 있던 크라딧들에게 전해지던 의지, 그것도 내 어머니의 것은 아니었던 것 같아. 어쩌면 이쪽에는 또 다른 어머니가 있을지도 모르겠어."

올토아낙은 심각한 표정을 지으며 말했다.

"또 다른 어머니?"

"지구의 가이아와 싸우던 어머니가 나를 만든 어머니는 아니었잖아."

"그러니까 이쪽에 에고를 지닌 또 다른 에테르 코어가 있을 거란 이야기냐?"

"확신은 아니고 그럴 가능성이 있다는 거야. 뭐 지금은 그 의지 자체도 느껴지지 않는 것이 이상하긴 하지만."

세현은 올토아낙의 말을 들으며 뭔가 흐릿한 안개 속을 더듬는 것 같은 느낌에 인상을 찌푸렸다.

크라딧의 초인들을 만나다

"일단 들어왔으니까 우선 할 일부터 하자."

세현은 그렇게 말을 하고는 '팥쥐'를 불렀다.

'여기를 유지하는 에테르 코어를 찾을 거야. 알지? 이면공간의 핵!'

[음음. 알아. 그거 찾아서 부술 거야?]

'부수긴 왜? 너 줄게.'

[음음음! 그렇게 해줄 거야? 알았어. 음음.]

세현이 이면공간을 유지하는 에테르 코어를 찾으면 제게 준다는 말에 '팥쥐'의 기분이 한껏 고양되었다.

세현은 그것을 느끼며 피식 웃었다.

"뭐야? 왜 웃는 거야?"

올토아낙은 세현과 함께 움직이다가 세현이 웃는 모습에 기분이 상한 듯이 물었다.

"너 때문에 그런 거 아니니까 신경 쓰지 마라. 그런데 넌 이면공간의 핵인 에테르 코어 못 찾냐?"

"그건 어머니를 찾는 거나 다름이 없잖아. 그걸 왜?"

"생각해 보니까 너희들은 언제나 에테르 코어와 연결되어 있으니까 그걸 찾는 것은 어렵지 않을 것 같다는 생각이 들어서."

"못 찾아!"

세현이 은근히 가능성이 높지 않을까 하고 떠본 결과는 신통치 않았다.

올토아낙은 단칼에 잘라내듯이 불가능하다고 답했다.

"정말?"

세현은 확인하듯 다시 물었다.

만약 올토아낙이 이면공간의 에테르 코어를 쉽게 찾을 수 있다면 이면공간 공략에 새로운 전기가 마련될 터였다.

"정말이야."

"방향도 몰라?"

"모른다니까. 그저 머릿속으로 전해오는 의지야. 그게 방향이 어디 있어?"

올토아낙은 계속된 세현의 추궁에 신경질을 내며 대답했다.

"뭐, 그렇다면 하는 수 없지. 하나하나 수색을 해야지."

"전에 한 번 다 훑어 봤던 곳이잖아. 너, 그래서 마법진도 그렸던 거 아냐?"

세현이 이면공간을 차근차근 수색하겠다고 나서자 올토아낙이 인상을 찌푸리며 말했다.

이미 경험이 있었던 일이었다.

이면공간 전체를 일정 간격으로 오가며 빈 곳이 없이 확인했었다.

"그때는 에테르 코어를 찾는다는 생각이 없었지. 나는 이면공간을 유지하는 에테르 코어에는 지금까지 별로 관심이 없었거든. 내가 차지하고 발전시킬 곳이 아니라면 말이야."

세현의 말은 사실이었다.

에테르 코어는 가치가 높은 보물이다.

그러니 만약 이면공간의 핵인 에테르 코어를 발견하면 그것을 손에 넣고 싶은 욕심이 생길 수밖에 없다.

하지만 만약 세현이 에테르 코어를 찾아서 손에 넣는다면, 그 말은 곧 그 이면공간의 소멸을 뜻했다.

세현도 초기에는 몇몇 이면공간의 에테르 코어를 소유하기 위해 이면공간을 소멸시킨 경험이 있었다.

하지만 시간이 흐르면서 그렇게 이면공간을 소멸시키는 것이 옳지 않다는 생각을 하게 되었다.

자신이 없애 버린 이면공간에 얼마나 많은 생명들이 있는지를 생각하게 된 후였다. 비록 이성을 지닌 지성체가 없다고 하더라도 생명이 없는 것은 아니다.

물론 에테르 기반 생명체들의 소멸에는 별로 신경을 쓰지 않았지만 그럼에도 마음의 부담이 전혀 없는 것은 아니었다.

에테르 기반 생명체는 물론이고 크고 작은 동식물과 땅과 물과 대기가 모두 사라지는 것이 이면공간의 소멸이었다.

물론 그렇게 사라진 것들이 어디로 가는지는 알 수 없었다.

혹시 또 다른 어딘가에서 자리를 잡고 살아가게 될지도 모른다. 흙이나 공기나 물도 다른 곳에 자리를 잡게 될지도 모르고.

하지만 그것을 직접 확인할 수 없으니 세현도 이면공간의 소멸에 대해서 조심스러운 자세를 가지게 되었던 것이다.

'그래서 될 수 있으면 이면공간의 핵을 찾으려는 시도를 하지 않았었지. 그런데 이쪽을 탐색할 때에는 에테르 코어도 함께 찾을 걸 그랬어. 그랬으면 이렇게 두 번 일을 하지는 않아도 되었을 텐데.'

세현은 그렇게 자책을 하며 빠르게 움직였다.

쿠구구구구구궁 쿠구구궁!

"여기도 끝이군."

올토아낙이 세현의 곁에 서서 착잡한 표정을 지으며 말했다.

세 번째 이면공간의 소멸이었다.

"가자."

세현이 올토아낙을 재촉하며 움직였다.

공간이 무너져 내리는 상황에서 안전하게 움직이려면 천공기를 이용해서 공간을 벗어나거나 혹은 이면공간 통로를 이용하는 방법이 제일 좋았다.

물론 세현의 경우에는 '팥쥐'와 콩쥐의 도움을 받아서 공간이동을 하면 되지만, 지금은 이면공간 통로로 움직이는 쪽을 택했다.

곧바로 카미 필드를 통해서 다음 목표인 이면공간으로 가려는 것이다.

올토아낙은 다시 한 번 무너지는 이면공간을 눈에 담으며 세현의 뒤를 따라서 이면공간 통로로 들어갔다.

"기분이 안 좋은 거 같다?"

세현이 올토아낙에게 말을 걸었다.

올토아낙은 세현이 이면공간을 소멸시키기 시작하면서 점차 말이 없어지며 표정이 굳어가고 있었다.

"우리들이 어머니인 에테르 코어에서 태어난 것은 알지?"

올토아낙이 고개도 돌리지 않은 상태로 말했다.

"그야 알고 있지."

"그리고 우리가 에테르 코어의 지배를 받는 영역에서 산다는 것도 알고 있고?"

"그래."

"그런데 생각을 해보면 말이지. 이면공간이란 곳은 모두가 에테르 코어가 유지하는 곳이란 말이지. 다시 말하면 우리 에테르 기반 생명체들의 삶의 터전이라고 할까?"

세현은 걸음을 멈추고 올토아낙을 바라봤다.

뭔가 올토아낙에게서 마음의 변화가 일어나고 있음을 느낄 수 있었기 때문이다.

"내가 너희의 그런 삶의 공간을 무너뜨리고 있는 것이 불편하다는 거냐?"

"불편? 그래, 마음이 편하지 않네. 하지만 그보다 더 이상한 것은 말이야."

"이상한 거?"

"그래, 이상한 거. 왜 이면공간이 그렇게 많을까? 어떻게 그 많은 이면공간에 어머니들의 흔적들이 널려 있는 걸까?"

"어머니의 흔적이라면 에고가 없는 에테르 코어를 말하는 거냐?"

"그래. 솔직히 그것들을 어머니라고 할 수는 없잖아."

"그야 그렇지."

"아무튼 이상하다는 거지. 이면공간이라고 하는 것은."

"음, 지구에 이면공간이 있다는 것을 알게 된 것은 천공기 때문이었다. 그건 알지?"

"들어서 안다. 네 형이 천공기를 얻어서 이면공간으로 들어간 것이 최초라고 하더군."

"그래. 그때, 이면공간이 알려졌는데. 그때는 이미 지구를 둘러싼 이면공간들이 가득했지. 빨간색 등급의 이면공간은 몇만 개가 넘었을 거고, 그 위로 주황색, 노란색, 초록색, 파란색, 남색, 보라색까지… 정말 엄청난 숫자의 이면공간이 지구와 연결된 것을 알게 되었단 말이지."

"그게 뭐?"

"그리고 그렇게 지구와 연결된 이면공간들은 또 다른 이면공간들과 연결이 되고, 그걸 따라가면 다른 행성들과 연결이 되지."

"하고 싶은 말이 뭐야?"

"뭐 그냥 짐작이지만 이면공간이 필요한 이유는 공간을 뛰어넘기 위해서야. 그게 없으면 까마득히 먼 우주 공간을 이동하는 것이 힘드니까 말이지. 그리고 그렇게 이면공간을 만들어서 우주를 탐색하다가 어느 순간 침략 대상을 발견하면 거기에 다수의 이면공간을 만들어서 에테르 기반 생명체들의 개체수를 증가시키는 거지. 그래서 그 행성을 공격하는 거다."

"그래서 이렇게 많은 수의 이면공간이 있는 거라고?"

"그런 거 아닐까? 물론 그렇게 통로로 쓰이는 이면공간 전부에 에고를 지니고 있는 에테르 코어를 쓸 수는 없으니까 카피본 같은 에테르 코어를 사용한 거겠지."

"그래 그럴 수도 있겠구나. 내가 아는 다른 행성들, 그러니까 전투가 오래 지속된 곳이거나 침략에 실패한 곳에는 이면공간의 수가 적었지."

"맞아. 투바투보와 연결된 이면공간은 지구처럼 많지 않았지."

세현은 침략이 시작된 초기의 행성에는 이면공간의 수가 많을 것으로 생각했다.

그가 봤던 다른 행성들의 경우엔 그 행성과 연결된 이면공간의 수가 그리 많지 않았던 것을 근거로 삼은 추측이었다.

"그러면 이쪽에 있는 이면공간들도 시간이 지나면 줄어들겠 군. 그것이 지금처럼 공격을 받아 소멸이 되는 것이거나 아니면 행성을 공격하기 위해서 사용이 되거나."

"행성을 공격하기 위해서 쓰인다고?"

"그런 경우가 있잖아. 이면공간의 핵인 에테르 코어를 몬스터 가 가지고 있는 경우 말이야."

올토아낙은 에테르 코어를 지니고 있는 몬스터에 대해서 말 했다.

"대부분 마가스 아닌가? 그도 아니면 간혹 폴리몬 중에도 그 런 경우가 있었던 것 같은데?"

세현은 이전 진미선이 죽였던 폴리몬이 에테르 코어를 지니 고 있었던 것을 떠올리며 말했다.

"그래 그거지. 그런 경우 에테르 코어를 지닌 마가스나 폴리 몬이 이면공간을 벗어나면 그 공간은 소멸하겠지. 그러니까 지 금 지구와 연결된 이면공간 중에서 그런 식으로 에테르 코어를 지닌 존재가 지구로 나가면서 그 이면공간에 있던 모든 권속을 함께 데리고 가는 거지."

"지구에 가끔 나타나는 특이 몬스터들, 그러니까 에테르 코 어를 지니고 있는 몬스터들이 그런 식으로 만들어진 것이란 소 리야?"

"그런 거다. 에테르 코어는 이면공간의 핵이었다가 준비가 끝난 순간 권속들을 이끌고 침략전을 벌이는 거다. 그러니 네 말이 맞는 것 같다. 지구에 연결된 이면공간이 많은 것은 지구에 대한 침략이 본격화되지 않았기 때문이었던 거지."

"그건 또 새롭네. 하지만 이미 지구는 에테르 코어의 침략을 물리쳤다. 행성 코어가 굳건하게 방어 태세를 갖췄지. 문제는 그쪽이 아니라 이쪽이야."

세현은 그렇게 말을 하면서 카미 필드와 연결된 마지막 이면공간으로 통하는 통로를 가리켰다.

*　　　*　　　*

치지지지직 치지지지직!

"윽! 이게 뭐야?"

"크읏, 에테르가?"

"기다리고 있었던 모양이네? 크으. 짜릿하네."

세현과 올토아낙은 새로운 이면공간에 도착하자마자 주변에서 거세게 몰아치는 에테르의 공격에 적잖은 충격을 받았다.

"그래도 견딜 만한데? 전에 그 1선에서 받았던 공격에 비하면 약해."

"그래도 에테르들이 무척 적대적인 건 여전한데? 그래도 뭐

어찌어찌 쓸 수는 있겠지만."

"역시 거리가 멀어지니까 에테르 통제가 제대로 되지 않는 모양이네."

"그렇지만 2선이나 1선으로는 갈 생각도 말아야 할 것 같은데? 이건 꼭 무슨 경고 같지 않나?"

올토아낙이 어느 정도 몸을 추스르며 말했다.

세현과 올토아낙은 거세게 반항하는 에테르들을 다독여서 조금씩 자신의 의지하에 두고 있었다.

이면공간 전체의 에테르들이 적대적인 기운을 품고 있지만 초인인 그들이 일정 영역 안쪽의 에테르를 다독이는 것이 불가능한 것은 아니었던 것이다.

"으음… 저기 누가 오는군."

그때, 세현은 멀리서 자신들을 향해서 다가오는 기운을 느꼈다.

"이거, 쪽수에서 밀리겠는데?"

올토아낙도 그 기운을 느낀 모양인지 살짝 인상을 썼다.

"그래도 확 밀릴 전력은 아닌 것 같다. 일단 기다려서 인사나 하지."

세현은 다가오는 이들이 어퓨 크라딧일 것으로 짐작했다.

그리고 그들의 기세가 초인의 경지에 발을 걸치고 있는 정도라고 느꼈다.

지금 당장 세현이나 올토아낙과 맞붙어서 싸운다고 확실히 승리를 장담할 수 있는 수준은 아니었다.

"으하하하, 이거 기다리느라 목이 빠지는 줄 알았네. 어이, 반가워!"

"우와, 머리가 있는 거야 없는 거야? 아니, 카미와 연결된 세 개를 날렸으면 나머지 하나에도 오겠거니 하고 기다릴 거란 생각은 안 했데?"

"아무튼 꼭 그런 놈들이 있어요. 지가 제일 잘났다고 설치는 거지. 그러다가 이렇게 궁지에 몰리면 벌벌 떨면서 살려달라고 빌겠지? 호호호호."

"……."

세현은 자신들 앞에 나타난 네 명의 사람들을 유심히 쳐다봤다.

"크라딧이군. 그런데 몸의 일부가 아직 완전히 변하지 않았네?"

세현이 활짝 웃는 표정으로 그들을 맞이했다.

세현이 보기에 눈앞에 있는 네 명의 크라딧들은 초인이 되어 얻은 힘에 취해서 그것이 최고라고 생각하는 어린아이 같은 놈들이었다.

Chapter 8

하룻강아지 크라딧의 네 초인들

"감당할 수 있겠지?"

"그걸 말이라고 하는 거냐? 저런 것들 쯤이야 문제없어."

세현이 올토아낙에게 물었고, 올토아낙은 코웃음을 치며 대답했다.

그러자 크라딧 초인들의 인상이 와락 구겨졌다.

여자 하나와 남자 셋으로 이루어진 크라딧 초인들은 세현과 올토아낙을 포위한 상태로 자리를 잡았다.

"여유가 있군. 그 말대로 혼자서 둘을 감당할 수 있다고 생각하는 건가?"

나타난 이후로 한 번도 말이 없었던 사내가 세현을 보며 입을 열었다.

그들 넷 중에서 리더의 역할을 하는 인물이었던지 다른 세 명은 그가 말을 하는 동안에 조용히 기다리고 있었다.

"천공 출신인 모양이지?"

세현이 사내를 보며 물었다.

다른 이들이 영어를 사용하는 데 비해서 사내가 한국어를 쓰는 것을 보며 짐작한 것이었다.

"맞다."

"한 가지 물어볼 게 있는데 이번에 파나마 쪽에 문제가 생겼다. 그거 너희들이 한 짓이냐?"

"파나마? 아, 그거…… 뭔지 알겠군. 소형 마법진을 실험한다고 하더니 거기 휘말린 곳이 파나마 그쪽인 모양이군."

"역시 너희가 한 짓이었군. 1,500만 명 이상의 사람이 거기에 휩쓸린 것을 알고나 있나?"

"그게 뭐? 그런다고 누가 죽은 것도 아닌데 뭐가 문제지? 더구나 우릴 봐라. 하급의 천공기사였던 우리가 지금은 초인이 되어 모두의 부러움을 받고 있다. 거기다가 너희가 크라딧이라 부르는 우리 신인류들은 구인류가 지니는 온갖 불편함에서 자유롭다."

"불편함?"

"탄소 기반 생명체들이 지니는 육체적인 문제들, 예를 들면 질병이나 세포의 노화와 죽음과 같은 것들을 말하는 거다."

"또 그 영생이란 것을 내세우는 거냐?"

"보면 알지 않나? 적어도 우리 신인류가 구인류에 비해서 월등한 존재임은 분명하지. 에테르를 다루는 것에서도 마찬가지고."

천공 길드 출신의 초인은 분명한 자신감을 드러내고 있었다.

"말이 통하지 않는군. 그래서 그 많은 사람들을 에테르 코어의 노예로 내어주고도 그렇게 떳떳한 거냐?"

"에테르 코어의 노예? 글쎄, 그럴까?"

세현의 말에 그는 턱을 쓰다듬으며 비웃음을 지었다.

"무슨 소리냐? 그럼 그들이 에테르 코어의 노예가 되지 않을 거란 말이냐?"

"분명한 것은 아직은 아니라는 거지. 그들의 몸이 에테르 생체구조로 변하는 데는 제법 긴 시간이 필요하니까 말이야. 게다가 그렇게 몸이 변하는 중에 우리들 신인류와 함께한다면 에테르 코어의 지배 따위는 간단하게 벗어날 수 있는 방법을 가르쳐 줄 수 있지."

"에테르 코어의 지배를 받지 않게 하는 방법이 있다는 말이군?"

"너희들도 화이트 크라딧을 만들어 내지 않았나? 그런데 우리가 그와 유사한 방법을 모를 거라고 생각했나?"

"음, 그러니까 너희 어퓨 크라딧들이 사용한 방법이 우리가 화이트 크라딧을 만드는 방법과 같은 거란 소리군?"

"하하하, 그렇게 떠보지 않아도 숨길 일은 아니지. 맞다. 완전히 같은 것은 아니지만 비슷하지."

천공 출신의 크라딧 초인은 감출 것도 없다는 듯이 세현의 궁금증을 시원하게 풀어주었다. 그러고는 말이 끝나는 것과 동시에 동료들에게 눈짓을 하며 슬쩍 기세를 끌어 올렸다.

고오오오오오!

중앙에 세현과 올토아낙을 두고 네 명의 크라딧 초인들이 압박을 시작했다.

"드디어 시작이야? 뭘 그렇게 오래 떠들어?"

올토아낙이 그에 맞서서 에테르를 집중시키며 세현에게 말했다.

"뭐, 정보는 중요한 거니까 말이야. 결국 지구에서 일어난 일이 이놈들 소행이란 것을 알았잖아. 그것도 백팔 개의 이면공간에 있는 거대 마법진이 아니라 다른 소형 마법진을 이용한 거였단 것도 알았고 말이야."

세현 역시 에테르를 끌어모으며 대답했다.

여섯 명의 초인이 에테르를 장악하기 위한 쟁탈전을 시작했다.

자신의 몸에 축적한 에테르가 아니라 세상에 퍼져 있는 에테르를 의지로 움직여서 사역하는 것이 초인들이다.

그렇기 때문에 초인들의 싸움에서는 얼마나 많은 에테르를 자신의 것으로 만들 수 있느냐가 중요하다.

같은 공간을 공유하면서 그 안에 있는 에테르를 상대보다 더 많이 확보하는 것, 또는 상대가 장악한 에테르를 빼앗아 오는 것이 싸움의 기본 흐름이다.

"으음? 제법인데?"

"그러게? 우리 넷을 상대로 제법 버티잖아, 이거."

"호호호. 그래 봐야 우릴 모두 상대할 수는 없어. 흥!"

"집중해라. 만만치 않다."

크라딧의 네 초인들은 세현과 올토아낙이 에테르를 끌어 모으기 시작하자 조금 놀란 표정으로 긴장하기 시작했다.

자신들이 질 거란 생각은 하지 않지만, 적대적인 초인과의 생사투를 앞두고 자연스럽게 긴장할 수밖에 없는 것이다.

"이럴 수는 없어! 어떻게 이렇게……"

성우는 바닥에 쓰러진 상태로 세현을 노려보고 있었다.

초인 넷과 둘.

극명한 차이임에도 불구하고 지금 바닥에 뒹굴고 있는 것은 성우 자신과 동료 셋이었다.

그중에서 올토아낙을 상대한 두 명은 거의 숨이 끊어질 듯이 엄중한 상처를 입고 있었다.

"초인이라고 다 같은 초인이 아니지."

그런 성우를 보며 올토아낙이 비웃는 표정으로 약을 올렸다.

하지만 성우는 그런 올토아낙에게 발끈할 힘도 없었다.

처음에는 성우와 그의 동료들이 유리한 듯이 싸움이 시작되었다.

이면공간 안의 에테르들은 처음부터 세현과 올토아낙에게 적대적인 성질을 가지고 있었다. 이면공간에 깔려 있는 에테르 마법진을 이용해서 천공 필드에서 이면공간 전체의 에테르에 영향을 줄 수 있었고, 그것을 이용해서 에테르의 성질을 바꿔 놓은 것이다.

하지만 그런 적대적인 에테르는 성우와 그 동료들에겐 적용이 되지 않았다. 에테르의 성질 변화는 침입자들에게만 해당이 되는 문제였던 것이다.

그러니 성우와 동료들이 세현과 올토아낙보다 쉽게 주변 에테르를 장악할 수 있었다.

세현과 올토아낙은 순식간에 네 초인들의 에테르 압박에 시달리는 상황이 되었다.

하지만 세현과 올토아낙은 끈질기게 그리 많지 않은 에테르를 가지고 성우 일행의 에테르 압박을 막아 내었다. 이에 성질이 난 엘리제가 제일 먼저 에테르 마법 공격을 시작했다.

조금이라도 빠르게 상대의 에테르를 소비시키고 또 신경을 분산시켜서 에테르에 대한 통제 능력을 줄이려는 시도였다.

초인의 에테르 운용 능력을 생각하면 어지간한 공격으로는 타격을 주기가 어렵다는 것을 그들도 알고 있었다.

하지만 에테르를 장악하는 싸움에서 중요한 정신의 집중을 흩트리는 방법으로 직접적인 공격만 한 것도 없었다.

화염이 날고, 번개가 치고, 무, 유형의 창과 화살이 세현과 올토아나을 향해 날아갔다.

엘리제가 공격을 시작하자 성우와 다른 두 남자 초인들 역시 함께 동참했다.

하지만 사실상 여기서부터 세현과 올토아나에게 여유가 생기기 시작했음을 성우 일행은 알지 못했다.

세현에겐 '팥쥐'라는 든든한 우군이 있었고, 에테르를 이용한 원거리 공격을 막는 데 '팥쥐'만큼의 스페셜리스트도 없었다.

성우 일행의 예상과는 달리 그들의 공격은 세현이나 올토아낙의 집중에 전혀 영향을 주지 못했다.

오히려 그들 넷이 에테르 마법을 사용하느라 에테르를 통제하는 운용 능력이 조금이라도 떨어지게 되는 손해를 보고 있었다.

물론 그것을 성우나 그 일행들은 알지 못했다.

그리고 시간이 지나면서 조금씩 세현과 올토아낙이 지배하는 에테르의 양이 늘어나고 범위가 확대되기 시작했다.

그리고 어느 순간 그 양이 몇 배나 확 늘어나는 순간이 왔고, 그것이 성우 일행의 패배를 결정지었다.

사실상 갑작스럽게 세현과 올토아낙의 에테르가 급격하게 늘어났기 때문에 성우 쪽에선 제대로 반항도 하지 못하고 제압을 당해버린 상황이었다.

그런 중에 올토아낙이 선공을 날린 엘리제와 다른 한 명의 초인에게 공격을 퍼부어서 큰 부상을 입힌 것은 올토아낙의 심술이라고 볼 수 있을 터였다.

"니들이 멍청한 거지. 니들이 우릴 압박할 때, 우리를 감싸고 있었던 에테르는 내게 속한 거였어. 거긴 세현의 것은 없었지."

올토아낙이 쓰러져 있는 크라딧 초인들을 보며 조금은 신이 난 목소리로 말했다.

그의 말대로 처음 네 명의 초인을 상대했던 에테르는 올토아낙 혼자의 것이었다.

그리고 그때, 세현은 자신이 에테르를 통제할 수 있는 최대한 먼 곳에서부터 에테르를 장악해 오고 있었다.

그것을 성우 일행은 알지 못했던 것이다.

같은 초인이라도 에테르를 의지로 다룰 수 있는 범위는 차이가 나게 마련이다. 몸에서 수백 미터 정도의 범위를 지니는 초인이 있는가 하면, 세현처럼 몇 킬로미터 밖까지 영향을 미칠 수 있는 초인이 있다.

그러니 성우 일행은 자신들이 에테르의 변화를 감지할 수 있는 범위 밖에서 일어나는 현상을 알아차리지 못한 것이다.

그러는 동안에 올토아낙은 네 초인의 압박을 근근이 버티며 때를 기다렸고, 마침 네 초인이 원거리 공격을 시작하자, 그것을 세현이 막아주었다.

공격에 정신이 분산된 넷의 에테르 압박을 올토아낙은 가까스로 버틸 수 있었고, 그런 사이에 외곽에서부터 에테르를 한껏 확보한 세현이 네 초인의 에테르 역장을 덮쳤다.

외곽에서 밀려온 에테르가 올토아낙의 에테르와 합세하는 순간, 크라딧의 네 초인은 단 몇 분도 견디지 못하고 쓰러져 버렸다.

"내가 걱정했던 건, 너희들이 도망을 가는 거였다. 초인들이 마음먹고 도망을 치려고 하면 쉽게 잡을 순 없거든. 물론 상대적으로 능력의 차이가 큰 경우에는 놓치지 않고 잡을 수 있지만, 너흰 넷이고 우린 둘이란 말이지. 그럼 둘은 놓치게 된다는 소리잖아? 난 그게 싫었거든."

세현이 자신을 노려보고 있는 성우에게 설명을 하듯이 차분한 음성으로 말했다.

"죽여라! 비록 패배했다고 하지만 우린 초인이다. 우릴 욕보이진 마라!"

성우가 세현을 보며 고함을 질렀다.

흙바닥에 엎어져서 간신히 고개만 움직일 수 있는 상태로 버둥거리는 자신의 모습에 치욕을 느끼는 듯 얼굴이 붉어져 있었다.

"죽고 싶다면 자살을 해. 내게 죽여 달라고 하지 말고."

그런 성우에게 세현이 무심하게 말했다.

하지만 정작 그 말을 들은 네 초인들은 쉽게 스스로의 목숨을 끊지 못했다.

엘리제란 여자 초인이 시도를 하는 듯했지만 결국 몸 안에 모았던 에테르를 폭발시키지 못하고 눈물을 흘리며 풀어 버렸다.

세현은 네 초인의 몸에서 움직이는 에테르를 느끼며 조용히 지켜보고 있었다.

쓰러진 초인들의 몸에는 벌써부터 앙켑스 에테르가 침투해 있었다.

아직까지 어떤 성질을 드러내지 않고 그저 쥐 죽은 듯이 숨어 있는 앙켑스 에테르는 세현이 마음만 먹으면 네 초인의 몸을 구속할 수 있을 터였다.

이전에는 외부 에테르를 끌어모아서 역장을 두르는 상태라 앙켑스 에테르를 밀어 넣는 것이 쉽지 않았지만, 쓰러뜨린 후에는 문제가 아니었다.

"나는 알고 싶은 것이 많아. 요즘은 너희 어퓨 크라딧들이 어디에 숨었는지 좀처럼 꼴을 보기 어려웠거든. 그래서 궁금증을 풀 방법이 없었어."

세현이 쓰러진 네 크라딧 초인들을 향해 다가가며 말했다.

"그런데 너희 정도라면 어떨까? 명색이 초인인데 아는 것이 많지 않을까?"

세현이 성우 앞으로 걸어가 쪼그리고 앉아서 성우의 얼굴을 내려다보며 말했다.

"쉽게 우리 입을 열지는 못할 거다. 놈!"

하지만 성우는 그렇게 말을 하고는 세현을 보지 않겠다는 듯이 눈을 감아버렸다.

"음, 솔직히 조금 곤란하기는 하지. 에테르 기반 생명체인 너희들을 고문하는 것이 무슨 의미가 있을까 싶기도 하고 말이야."

"고문 따위로 우릴 어쩔 수는 없다."

성우 곁에 쓰러진 다른 초인이 세현의 말에 고함을 질렀다.

"뭐, 그래. 그렇겠지. 하지만 신체의 일부분이 조금씩 잘려 나가는 것을 보는 것은 육체적인 고통은 아니더라도 심리적인 충격을 꽤나 주지 않을까? 시험을 해보고 싶은데?"

세현이 고함을 지른 초인에게로 시선을 돌리며 말했다.

"해볼 테면 해봐라!"

하지만 세현의 시선을 받은 초인은 어림도 없다는 표정으로 도리어 자신만만하게 고함을 질렀다.

어차피 지금 당장은 아니어도 그 끝에는 죽음이나 그보다 못한 삶이 있을 거라는 예상을 했기에 어찌되건 상관없다는 각오를 보이는 것이었다.

"쯧, 곤란한데? 이봐, 그럼 이건 어떨까? 고문이 아니라 거래를 하는 거야. 괜찮지 않나? 거래라면 너희도 얻을 이익이 있을 테고 말이야."

그러자 세현이 태도를 바꿔서 색다른 제안을 했다.

성우를 비롯한 네 크라딧 초인의 시선이 세현에게로 쏟아진 것은 그 순간이었다.

신인류라 주장하는 크라딧의 실체를 엿보다

"거래를 하자고?"

"그래. 거래. 짐작하겠지만 내가 걸 것은 너희의 목숨이야. 그리고 너희가 걸 것은 정보(情報)고."

세현은 그렇게 말을 하고는 성우와 그 일행의 반응을 살폈다.

"…정말 살려줄 거냐?"

그런데 반응은 의외로 빠르게 나왔다.

성우가 곧바로 세현에게 확인 질문을 던진 것이다.

"물론이지. 어차피 너희가 정보를 제공한다고 하면, 너희들은 다시 크라딧 진영으로 돌아가긴 어렵지. 물론 우리 쪽에서 함께 싸워줄 것도 아니겠지만, 일단 적이 되지는 않을 테니까 살려주는 데 부담은 없다는 말이지."

세현은 그렇게 성우를 안심시켰다.

사실 세현의 말대로라면 굳이 성우 일행을 죽일 이유는 없는 것이다.

하지만 그 말을 들은 성우의 표정을 밝아지지 않았다.

"우리가 다시 너희의 적이 되지 않을 거라는 약속은 할 수가 없다. 우리는 그분의 명령을 거역하지 못한다."

"그분?"

세현은 성우의 입에서 나온 '그분'이라는 호칭이 누굴 가르치는지 궁금했다.

"고철한 님이다. 과거 천공 길드의 길드 마스터였던 그분을 말하는 거다."

성우는 곧바로 세현의 궁금증을 풀어주었다.

"그가 어쨌다는 거지?"

"그분은 우리 신인류의 지도자시다. 모든 신인류들은 그분의 뜻을 따른다."

성우의 목소리에는 대상에 대한 공경의 기색이 역력하게 담겨 있었다.

"음? 그건 좀 이상한데? 블랙 크라딧들은 에테르 코어의 지배를 받는데, 어퓨 크라딧들은 그 고철한 님의 지배를 받는다는 말인가?"

"우리들, 신인류는 몸이 에테르 생체구조로 바뀔 때, 몸 안에 자연적으로 생성되는 에테르 코어의 지배 장치를 없애는 마법적인 시술을 받았다. 그것은 너희들이 화이트 크라딧을 만드는 것과 비슷한 방법이다."

"그러니까 우리가 휴먼 인자라고 부르는 그런 것을 받아들여서 에테르 코어의 지배에서 벗어났다는 건가?"

"지도자님의 말씀으로는 너희가 말하는 그 휴먼인자라고 하는 것은 영혼의 파편을 에테르로 모방해서 구현한 것이라고 했다. 그러니까 정확하게 말하면 영혼의 일부라고 할 수도 있다."

"음? 영혼의 일부? 그러니까 네 말은 우리가 사용하는 휴먼인자라는 것이 결국 영혼의 일부라고? 영혼을 에테르로 만들었다고?"

"믿기지 않겠지만 그렇다. 지도자께선 자신의 영혼을 복제해서 우리들에게 나누어주시고, 그것으로 에테르 코어의 지배에서 벗어나는 길을 내어주셨다."

"음, 결국 그 때문에 고철한의 영혼을 일부 가지게 된 어퓨 크라딧들이 고철한에게 종속되었다는 건가?"

"완벽한 종속이라고 할 수는 없다. 하지만 우리들 모두는 어버이를 따르는 마음으로 지도자님을 따르고 있다."

"미도리가 갑자기 생각나는데?"

세현은 성우의 말에서 문득 미도리를 떠올리며 올토아낙을 바라봤다.

"나는 아니다. 이놈들처럼 그렇게 심각하지는 않다."

올토아낙이 세현의 시선에 황급히 손을 저으며 변명을 했다.

"맞아. 너희들이 미도리를 좋아하긴 하지만 그게 이렇게 심각하진 않지. 그냥 호감을 가지고 있을 뿐이었으니까."

"당연하다. 봐라, 지금도 나는 그저 미도리 님을 보고 싶을 뿐이다."

"뭐, 그건 또 그것대로 조금 문제가 있는 것 같기는 하다만."

세현은 그렇게 말을 하며 성우 일행에게 가하던 압력을 조금 낮췄다.

"끄응!"

"하아아!"

어느 정도 압력이 줄어들자 성우 일행이 겨우겨우 몸을 추스르고 흙바닥에 일어나 앉았다.

"자, 이야기를 계속해 보자. 뭐, 너희가 고철한에게 가는 것을 막을 방법은 있으니까 걱정하지 말고."

세현은 그렇게 말을 하며 성우 일행을 봤다.

"우리를 감옥에 가두기라도 할 건가?"

성우가 물었다.

그렇게 살게 된다면 그게 정말로 가치가 있을까 하는 생각을 하는 성우였다.

"아니야. 자유롭게 살 수 있을 거야. 뭐 다른 행성으로 옮겨주면 되지 않겠어?"

"해, 행성? 다른?"

"그게 아니라면 엄청나게 큰 대륙이 있는 테멜이라거나."

"테멜? 그렇게 큰 세상이 있는 테멜이 있다고?"

"있어. 그러니까 걱정하지 마. 너희가 약속을 지키면 나도 너희들을 죽이지 않고 적당한 곳에서 자유롭게 살 수 있도록 해줄 테니까."

"대단한 자신감이군. 우리가 너희들에게 잡혔다고 하지만, 우리는 초인이다. 초인의 경지에 있는 우리들을 지도자님으로부터 완벽하게 떼어놓을 자신이 있다니 놀랍군."

"믿어라. 안 믿으면 내가 너희들을 모두 죽여야 하잖아. 설마 죽고 싶은 거냐?"

세현이 계속 따지고 드는 성우에게 인상을 확 찌푸렸다.

"아니, 아니다. 나는 네 말을 믿고 싶다. 정말로!"

성우가 급히 세현을 보며 말했다.

"그럼 어디 이야기를 해보자."

세현이 다시 분위기를 잡으며 성우 일행을 재촉했다.

배반의 크리스마스 실험은 처음부터 열세 곳의 길드가 연합해서 준비하고 실행한 프로젝트였다.

당연히 그 프로젝트의 전체적인 지휘는 당시 세계 1위의 길드였던 천공 길드에서 맡았다.

프로젝트의 모든 정보가 고철한의 손에서 나왔으니 당연한 일이었다.

프로젝트의 목적은 영원한 생명과 강력한 힘.

사실상 모든 인간들이 바라마지 않는 그것을 위한 것이었다.

몇 번의 소형 실험을 통해서 그 가능성은 확실히 검증이 되었기에 천공 이외에 열두 개의 길드를 끌어들일 수 있었다.

신체를 에테르 생체구조로 바꾸면서 에테르에 대한 감각을 높이고 그것으로 에테르 운용 능력의 비약적인 상승을 꾀한다. 아울러서 에테르 생체구조가 지니는 불변성과 에테르를 이용한 보완성을 이용하면, 탄소 기반 생명체들이 기본적으로 가지는 세포의 노화에서 벗어날 수 있다.

이른바 영생이 가능하다는 결론이다.

이는 길드에 속한 많은 과학자들이 몇 번이나 검증하고 또 검증을 거듭한 끝에 내린 결론이었다.

하지만 문제가 없는 것은 아니었다.

실험이 시행되고 곧바로 에테르 생체구조를 지니게 되는 것이 아니라, 시간을 두고 천천히 신체가 변하게 된다는 문제가 있었다.

거기다가 그렇게 신체가 변하게 되면 자연스럽게 몸 안에 에테르 코어의 지배를 받아들이는 장치가 생성된다는 문제도 있었다.

하지만 고철한은 그에 대한 해결책을 가지고 있었고, 그 방법을 사용하면 에테르 코어에게 정신을 지배당하지 않을 수 있었다.

문제는 그것을 위한 백신을 대량으로 만드는 것이 어려워서 실험에 휩쓸린 모든 사람을 구할 수 없다는 것이었다.

하지만 그에 대해서 걱정하는 이들은 없었다.

적어도 그 내용을 알고 있는 이들은 백신의 혜택을 받을 수 있을 테니 문제가 없었던 것이다.

물론 간혹 반발하는 이들이 있기는 했지만, 욕망을 위해서 방해자를 제거하는 것은 인류가 지금까지 해왔던 보편적인 방식이었다.

거기다가 고철한은 실험으로 탄생한 크라딧 필드를 에테르 기반 생명체로부터 보호할 필요가 있었다.

실험으로 만들어진 크라딧 필드는 지구와 연결된 이면공간

이 되었지만 기존에 있었던 이면공간과 지구 사이에 위치하게
되면서 그 통로가 되어버렸다.

그래서 그곳으로 에테르 기반 생명체들이 넘어와서 지구로
진출하려는 시도가 계속 이어졌다.

더구나 크라딧 필드를 유지하는 에테르 코어가 외부의 에테
르 코어와 연결이 되면서 각 길드의 통제에서 벗어났다.

당연히 에테르 기반 생명체들의 위협에 크라딧 전체가 위험
한 상황이 될 수밖에 없었다.

그런데 고철한은 일반 피실험자들을 에테르 코어의 노예로
내어주면서 어퓨 크라딧들의 안전을 보장받는 협상을 벌였다.

에테르 코어와의 협상은 누구도 상상하지 못한 것이었지만
협상하지 않으면 모든 피실험자가 에테르 기반 생명체로 변할
거라는 사실을 강조하며 협상을 이끈 고철한이었다.

때문에 초기 크라딧 필드에 대한 에테르 기반 생명체들의 위
협을 쉽게 넘어갈 수 있었고, 에테르 코어와의 거래로 이면공간
들에 대한 지도도 얻을 수 있었다.

때문에 지구의 천공기사들에 비해서 훨씬 발 빠르게 이면공간
통로를 이용한 이동을 하며 세력을 확장할 수 있었던 것이다.

그 뒤로도 신인류라고 스스로를 부르기 시작한 크라딧들은 고
철한을 중심으로 세력 확장을 위한 갖가지 수를 쓰기 시작했다.

우선적으로 신체의 변화 속도가 느린 사람들을 내세워서 그

들의 변화를 가리려고 애썼고, 그러면서 어떻게든 지구에 협조 세력을 구축하기 위해 애를 썼다.

하지만 신체 변화가 적은 크라딧들은 대부분 어퓨 크라딧이 되지도 못하고, 에테르 코어의 지배를 받지도 않는 과도기적인 존재들이었다.

그래서 그들은 알지 못하는 일들이 은밀하게 진행이 되었는데, 그중에서 제일 큰 사업이 바로 열세 곳의 크라딧 필드를 연결하는 작업이었다.

사실상 그 작업은 천공 필드를 중앙에 두고 다른 열두 개의 크라딧 필드를 백여덟 개의 이면공간을 이용해서 인공적으로 연결하는 작업이었다.

그리고 그렇게 연결된 이면공간에 에테르를 이용한 마법진을 만들어야 했다.

"그 마법진 역시 고철한이 내놓은 거라고?"

"지도자께서 그걸 준비하셨다고 들었다. 사실상 엄청난 위업이라 할 수 있지. 그게 완성되고 실행이 되면 지구 전체가 이면공간에 속하게 될 테니까 말이야."

"그리고 지구의 모든 생명체가 에테르 기반 생명체가 되어 에테르 코어의 지배를 받게 되고?"

"그에 대해선 이미 상당한 숫자의 백신이 만들어져 있다고 들었다. 그것을 이용하면 많은 사람들을 구할 수 있을 것이다."

"그래서 이번에 파나마 주변에서 끌려간 사람들은 어떻게 되었지? 그들 모두에게 상황을 설명하고 백신을 투여했나?"

"그, 그건……."

세현의 물음에 성우가 대답을 하지 못하고 우물쭈물 망설였다.

"아니겠지. 그 많은 사람들 중에서 그나마 몇 명이나 혜택을 받았을까? 아마 그쪽 사람들이 후진국 사람들이라서 그다지 신경을 쓰지도 않았을 것 같은데?"

"음, 사실 이번 실험에서 하필이면 그쪽이 대상이 된 것에 대해서 지도자께서 많이 실망을 하셨다는 소리가 있었다."

"그 말은 그 실험에서 정확하게 목적지를 특정하지 못했다는 소리군?"

"그렇다. 대상을 지구 표면으로 좁혔을 뿐, 그 이상 정확하게 어디를 정할 수는 없었다고 들었다. 지도자께선 될 수 있으면 고향이 대상이 되기를 원하셨다고……."

"미친놈!"

세현은 성우의 말에 저도 모르게 소리를 지르고 말았다.

만약 고철한의 바람대로 되었다면 대한민국의 수천만 국민이 모두 이면공간으로 빨려 들어가서 에테르 기반 생명체로 변하는 공포를 느끼고 있을 터였다.

그리고 그 대부분은 또다시 에테르 코어의 지배를 받게 될 터이고.

"지도자님을 욕하지 마라! 이번 마법진이 완성되면 에테르 코어를 대신해서 지도자님께서 우리 신인류의 완벽한 지도자가 되신다고 하셨다. 이제 우리 신인류를 에테르 코어에게 바치지 않아도 될 거라고⋯⋯."

"엘리제, 그만!"

세현이 고철한을 욕한 것에 발끈한 엘리제가 뭔가 새로운 계획에 대해서 이야기를 하자, 다른 초인이 급히 엘리제를 말렸다.

"뭐야? 이건 또 무슨 이야기야? 굉장히 궁금한데? 그러니까 지금 만들어지는 마법진이 지구를 대상으로 하는 배반의 크리스마스 실험 이외에도 다른 기능이 있다는 거잖아? 이봐, 그게 뭐야?"

세현이 성우를 보며 물었다.

성우는 잠깐 동안 엘리제를 노려보다가 한숨을 쉬고는 세현을 보았다.

"그건 우리도 정확히 모르는 내용이다. 다만 지금 만들어지고 있는 거대 마법진이 완성되면 새로운 형태의 에테르 코어가 만들어진다고 들었다. 아니, 조금 다르지만 지도자께서 에테르 코어와 같은 역할을 할 수 있게 된다고 들었다."

"그거 참. 그러니까 뭐야? 고철한, 그자가 새로운 에테르 코어가 된다는 건가?"

"정확한 것은 우리도 모른다."

성우는 세현의 질문에 다시 한 번 '우리'는 모른다며 발뺌을 했다.

하지만 세현은 넷을 묶어서 아는 것이 없다고 말하는 성우의 태도에서 뭔가 숨기는 것이 있음을 짐작했다.

세현의 매서운 눈빛이 성우에게 쏘아졌다.

고철한의 야망

세현은 성우 일행을 한 사람씩 불러서 따로따로 조사했다.

성우가 다른 세 크라딧 초인의 말을 막으려는 모습이 보였기 때문에 그가 없는 곳에서 원하는 정보를 얻으려는 시도였다.

성우도 그것을 알아차리고 인상을 구겼지만, 당장 목숨을 걸고 거래를 하는 마당에 세현의 방식을 거부할 수는 없었다.

"그러니까 지금 만들어지고 있는 마법진이 결국 에테르 코어와 비슷한 거란 말이지?"

"예전 너희들이 배반의 크리스마스 실험이라고 불렀던 그때를 생각해 봐라. 그때, 우리가 뭘 했었지?"

마지막으로 성우가 체념이 섞인 표정으로 세현과 이야기를 나누고 있었다.

몇 번 따로 불러서 이야기를 하면서 추궁한 결과 천공길드의 고철한이 계획하고 있는 일들이 대부분 드러난 상태였다.

"뭐, 너희가 마법진을 구축하면서 건물을 지었던 것을 말하는 거냐?"

세현이 물었다.

"그 건물들 안쪽으로 수많은 에테르 통로가 만들어졌던 것은 알고 있나?"

"대충 짐작하고 있었지. 온갖 희귀한 재료들을 모아서 그것으로 건물 내부에 에테르 통로를 만들었다고 했지."

"그래. 그렇게 에테르 마법진을 만들었다. 워낙 복잡한 마법진이라서 입체적으로 구성할 필요가 있었는데, 그냥 입체 마법진은 만들기 어려워서 건물 내부를 이용했던 거지."

"그게 지금 고철한과 무슨 상관이지?"

"너희가 착각을 하고 있는 것이 하나 있다는 거다. 백팔 개의 이면공간은 그 자체로 평면이 아니다. 너희가 이면공간 지도를 만들어서 쓰긴 하지만, 그것이 정확한 것은 아니지. 그저 통로로 이어진 이면공간들을 너희가 이해하기 쉬운 형태로 배치를 해둔 것에 불과하지."

"음? 무슨 말을 하고 싶은 거냐?"

"이런 거다. 봐라."

성우가 흙바닥에 막대기로 뭔가를 그렸다.

"으음. 그렇군. 그런 거야."

그리고 세현은 성우의 설명이 없이도 그 그림만으로 의미를 짐작했다.

"이제 알겠냐? 이면공간에 대한 지도는 사실상 통로와 이면 공간의 연결이란 의미 외에는 없다고 봐야 하는 거다. 자, 봐라. 이쪽 이면공간이 가로로 펼쳐져 있다면 이건 세로로 펼쳐져 있고, 이건 뒤집혀 있다. 또 이것과 이것은 또 다른 이면공간의 위쪽에 자리를 잡고 있고, 이건 그 아래에 있지."

성우는 바닥에 원과 타원을 수평, 수직, 사선 등으로 그려가며 설명을 했다.

그리고 그런 설명이 아니더라도 세현은 이미 그 의미를 충분히 알 수 있었다.

"백팔 개의 이면공간을 하나의 덩어리로 생각하면, 그 안을 지나는 에테르 통로들은 결국 엄청난 크기의 입체 마법진을 형성한다는 건가?"

"그래. 바로 그거다. 머리가 나쁘진 않네. 하지만 그게 끝이 아니지."

"또 뭐가 있다는 거냐?"

세현이 골치가 아프다는 표정을 지으며 물었다.

"우리가 배반의 크리스마스에서 만들었던 그 건물들 속에 만들어진 마법진이 무슨 역할을 했을까?"

성우가 물었지만 그 답을 모르는 사람들은 거의 없었다.

특히 크라딧 필드를 드나들었던 이들은 누구나 알고 있는 사실이었다.

"크라딧 공간을 유지하는 핵, 이면공간으로 치면 에테르 코어의 역할을 하는 것이었지? 아마도 그 건물들의 역할이?"

세현이 성우를 보며 확인하듯 물었다.

"바로 그거지. 우리들은 그 실험에서 이면공간을 만드는 것과 동시에 그 이면공간, 즉 크라딧 필드를 유지하고 관리할 핵을 인공적으로 만든 거다. 그리고 네 말대로 우리가 세운 건물들은 바로 그 핵의 역할을 하는데 도움을 주는 마법진인 거지."

"그 말은 뭐냐? 여기 백팔 이면공간의 에테르 통로들이 이전 전물과 비슷한 역할을 한다는 거냐?"

"맞다. 과거에는 이면공간의 핵을 만드는 것이었다면 이번에는 에테르 기반 생명체들의 어머니를 인공적으로 만들어 내는 것이지. 이 엄청난 크기의 마법진은 에고를 지닌 에테르 코어를 흉내 내서 만들고 있는 거라고 생각하면 되는 거지."

"고철한이 정신이 나갔군."

세현은 뜻밖의 말을 들은 터라 어지러운 머리를 흔들었다.

"그렇다고 해도 이상하지 않나?"

그때, 올토아낙이 뭔가 문제가 있다는 표정을 세현에게 말을 걸었다.

"이상하다니?"

"내가 알기로 어퓨 크라딧이라는 이들은 우리들이 어머니에게 종속된 것처럼 그 고철한이란 자를 따랐지만 완전히 종속되지는 않은 것 같은데?"

"그래서 그게 뭐?"

"그렇다고 하면 이렇게 일을 크게 벌여서 그가 얻을 수 있는 것이 뭐가 있다는 건지 모르겠다는 거지."

"넌, 도대체 이야길 뭐로 들었어? 지금까지는 고철한에게 호감을 가지는 정도였다면 이제 그 마법진이 완성되면 고철한에게 종속되는 상황이 된다는 소리잖아. 지구 인류 전체가 크라딧이 된다면 그들이 모두 고철한의 노예가 될 판이라고."

"음? 그게 그렇게 되는 건가?"

"차라리 그 백신인가 뭔가를 받은 어퓨 크라딧은 좀 나을지 몰라. 지금 여기 이놈들처럼 이라도 정신을 차릴 수 있을 테니까. 하지만 블랙 크라딧은? 그들 모두가 에테르 코어의 지배를 받았던 것처럼, 백신이 없는 사람들은 모두가 고철한의 노예가 될 거란 소리가 되는 거다. 무슨 소린지 알겠냐?"

세현은 올토아낙에게 그렇게 설명을 하면서 좀 더 고철한의 꿍꿍이를 명확하게 인지할 수 있었다.

가르치면서 배운다는 말이 어울리는 상황이었다.

"이거 상황이 아주 좋지 않게 돌아가고 있어. 이러다가 정말로 지구가 고철한의 손에 들어갈 수도 있겠어."

세현이 이상을 찌푸리며 중얼거렸다.

"그래도 이렇게 이면공간을 소멸시키다 보면 결국 마법진의 완성을 막을 수 있지 않을까?"

올토아낙이 세현의 걱정에 위로하듯 말을 건넸다.

"이 정도로는 별로 문제없을걸? 이 거대 마법진의 핵심은 천공 필드에 있거든. 백팔 개의 이면공간에 있는 마법진도 중요하긴 하지만 천공 필드의 마법진이 완성된 이상, 절반 정도만 남아 있어도 성능에는 큰 차이가 없을걸?"

성우가 올토아낙의 말에 어림도 없다는 표정으로 말했다.

"뭐야? 그게 말이 되냐?"

올토아낙은 마법진의 절반 가까이를 날려도 피해가 별로 없을 거라는 말에 어처구니가 없다는 표정을 지었다.

"애초에 거대 마법진의 핵심은 천공 필드에 있었어. 물론 백팔 이면공간의 마법진이 먼저 완성이 된 후에, 그 도움을 받아서 천공 필드의 마법진을 완성했지. 하지만 일단 천공 필드의 마법진이 완성된 후에는 백팔 이면공간의 마법진은 크게 필요한 것이 아니야. 정확하게는 모르지만 어느 정도 날려 먹는다고 문제가 생기진 않을 거라고 들었다. 그러니 너희가 세 곳의 이면공간을 소멸시켜도 우리의 계획에는 큰 영향이 없다. 다만 계속 설치는 것은 두고 볼 수가 없어서 우리들이 파견된 것일 뿐이지."

세현은 성우의 말을 믿어야 할지 말아야 할지 갈피를 잡지 못했다.

하지만 느낌으로는 성우의 말이 거짓이 아니라는 판단이 서고 있었다.

"그럼 결국 천공 필드로 가서 문제를 해결해야 한다는 거네?"

세현이 성우를 보며 그렇게 중얼거리자 성우는 피식 비웃음을 흘렸다.

"천공 필드엘 가겠다고? 어떻게? 여길 넘어서 다음 이면공간에만 들어가도 이면공간 전체의 에테르가 덤빌 텐데? 여기보다 훨씬 더 강력하게 통제되는 에테르를 너희가 버틸 수 있을까?"

세현은 성우의 빈정거리는 말투에 인상을 찌푸렸다.

예전에 당했던 수준의 에테르 공격이라면 세현과 올토아낙도 버티는 것이 쉽지 않을 터였다.

그리고 그런 곳에서 성우 일행 수준의 초인들을 만나게 된다면 그때는 정말로 위험한 상황이 될 것이다.

"그냥 포기하지그래? 차라리 그냥 이면공간으로 도망치는 것이 좋지 않겠어? 지구 전체가 도망을 갈 수는 없겠지만 그래도 구할 수 있는 만큼은 구해야지. 안 그래?"

성우가 세현에게 놀리듯이 말했다.

"내가 너희들과 거래를 해서 살려주기로 했다고, 너무 나를 자극하지는 마라. 자칫 내가 약속을 잊어버릴 수도 있으니까."

세현이 그런 성우에게 이글거리를 눈빛으로 경고를 했다.

성우는 그 경고에 입을 꾹 다물었다.

세현이 하는 말로 봐서는 정말로 약속을 지킬 것 같은데, 괜히 긁어서 부스럼을 만들 이유는 없다고 느낀 것이다.

애초에 세현의 성질을 조금씩 긁었던 이유도 정말로 세현이 약속을 지킬 생각이 있는지 떠보기 위한 것이었다.

어차피 약속을 지키지 않으면 죽을 텐데, 조금 위험을 감수하더라도 성질을 건드려서 세현의 의지를 확인할 필요가 있었던 것이다.

"정말 약속을 지킬 거냐?"

성우가 세현에게 물었다.

"죽이는 것이 쉽긴 하지. 하지만 약속을 했고, 죽이지 않고도 문제를 해결할 방법이 있는데 굳이 손에 피를 묻힐 이유가 있나?"

세현은 그렇지 않아도 머릿속이 복잡한데 쓸데없는 질문까지 던지는 성우에게 조금 짜증스러운 음성으로 대꾸를 해주었다.

"의외긴 하지만, 우리에겐 좋은 소식이네. 사실 우리도 죽고 싶은 생각은 없거든. 어떻게 된 건지는 몰라도 우리는 사실 생존에 대한 욕구가 무척 강한 편이야. 뭐 따지고 보면 그 백신 때문이라고 하더군. 그쪽의 본능이나 의지를 강화시켜 놓은 때문이라고 말이야. 알지? 그 영혼의 조각, 그 조각이 담당하는 것이 독립적인 의지나 생존, 자의식 같은 거거든."

"그래서? 너희가 살고자 하는 욕망이 강하다는 것은 알겠는데 그게 어쨌다고?"

"뭐, 우릴 정말 살려줄 것 같으니까 나도 선물을 하나 줄게."

"선물?"

세현은 성우의 말에서 뭔가 얻을 수 있을 것 같은 기대감에 눈빛을 빛냈다.

"이번에 실험을 했잖아. 그 소형 실험 말이야."

"파나마 쪽이 사라진 그 실험 말이냐?"

"그래. 그거."

"그게 어쨌다고?"

"그 실험을 하기 위해서 지구에 특별한 에테르 기반 생명체를 뿌렸다는 이야기가 있었다."

"특별한 에테르 기반 생명체?"

"실험의 목표 지점을 잡아 주는 그런 역할을 하는 녀석이란 거지. 그 녀석이 있는 곳에 마법진의 효과가 나타나는 그런 거다."

"설마, 그게 지금 지구에 더 있다는 거냐?"

"그렇지. 아마 제법 많이 있을걸? 무작위로 뿌려놓고 마법진을 발동해서 그중에 어느 하나가 걸리게 하는 식이라니까."

"제기랄!"

세현은 성우의 말에 저도 모르게 쌍소리를 뱉고 말았다.

"그 말대로라면 그놈의 실험인가 뭔가가 또 벌어질 거라는 소리겠군?"

"다시 한다는 소리는 없었는데, 뭐 마법진이 준비가 되면 또 일을 벌일지도 모르지. 지구의 혼란이 가중되면 우리 신인류에 대한 공세는 그만큼 줄어들 테니까."

"그 준비라는 것이 얼마나 걸리는지는 아나?"

세현이 물었다.

"그건 나도 모르지. 그쪽, 그러니까 연구 파트와 우리 전투 파트는 좀 다르니까 말이야. 뭐 우리들이 나서서 에테르 마법진을 만들기는 했지만 우리야 그려주는 대로 만드는 쪽이었거든."

"마법진을 너희가 만들었다고?"

"그야 당연하지. 허공에 에테르를 결집시켜서 하나의 통로를 만들어 고정하는 짓거리를 일반인들이 할 수 있을 거라고 생각하냐? 그건 특별하게 에테르 운용 능력이 뛰어난 이들만 할 수 있는 거지."

"초인만 가능하다는 거냐?"

"그건 아니지. 초인이 아니어도 크라딧들이 에테르를 움직이는 방식은 초인의 그것과 거의 같잖아. 그러니 규모를 줄이면 초인의 작업을 어느 정도는 대신할 수 있지. 그리고 그런 정도는 되어야 백신을 받아서 신인류가 될 수 있었고 말이야."

"몸이 에테르 생체구조로 바뀌면서 에테르 운용 능력에 변화가 생기면 그중에서 재능이 뛰어난 이들만 따로 추려서 백신이란 것을 두고 어퓨 크라딧으로 만들었단 소리군?"

"선택을 받은 거지. 좋잖아? 개인이 지는 재능과 능력에 따라서 대우를 받는 거니까 말이야. 또, 노력해서 성과를 내도 대우를 받을 길은 열려 있고 말이지."

성우는 여전히 신인류라는 집단에 대해서 강력한 소속감과 큰 자부심을 내보이고 있었다.

생존에 대한 욕구 때문에 세현과 거래를 하면서도 실제로 자신의 소속에 대한 마음은 버리지 않은 것이다.

"이봐, 세현, 일단 그 특이 몬스터라는 것부터 잡아서 정리를 해야 하지 않겠어? 모두 처리하지는 못하더라고 최소한 네 고향만은 지켜야지, 안 그래?"

그때, 올토아낙이 세현을 보며 제일 먼저 해야 할 일이 무엇인지를 짚어주었다.

"젠장, 돌아가야겠군."

세현이 씁쓸한 표정을 감추지 못하며 중얼거렸다.

리더 몬스터 포획도 미봉책일 뿐이다

오랜만에 지구에 모습을 드러낸 세현은 이전에 백안시하며 바라보던 시선들이 많이 사라진 것을 알았다.

파나마 지역이 사라진 사건으로 지구 전체가 위기감을 느끼고 있는 상황이고, 수많은 사람들이 이면공간으로 도망을 가려고 애를 쓰는 때였다.

이전에 세현이 했던 일이나, 가지고 왔던 정보를 믿기 어렵다고 목소리를 높이며 기득권을 유지하려던 이들의 대다수가 이면공간으로 도망을 친 상황이기도 했다.

그러니 힘이 있는 자들 중에서 지구에 남아 있는 이들은 그래도 사태를 어떻게든 해결하려는 의지를 지닌 이들이었다.

그래서 그런지 세현이 리더 몬스터에 대해서 이야기를 전했을 때, 이전 같은 빈정거림이나 의심은 없었다.

도리어 어떻게든 그 리더 몬스터를 찾아 해결해야 파나마 꼴이 나지 않는다는 사실에 눈에 불을 켜고 리더 몬스터를 찾기 위해 나섰다.

리더 몬스터는 마법진의 효과를 이끌어 오는 몬스터라는 의미에서 세현이 붙인 이름이었다.

성우 일행은 그 리더 몬스터라는 것이 크라딧 필드에서 탄생한 크라딧 몬스터라고 했다.

예전 실험이 행해졌을 때, 지구의 동물들이 실험에 휩쓸려 함께 크라딧 필드로 넘어왔고, 그 동물들 역시 몸이 에테르 생체 구조로 바뀌었다.

그런 동물들을 이용해서 만들어낸 것이 리더 몬스터였다.

원래 몬스터들은 기본적으로 타 생명체에 대한 공격 성향을 가지고 있고, 거기에 더해서 이성을 지닌 존재에 대해서는 그 공격성이 훨씬 강해진다.

하지만 어퓨 크라딧들이 리더 몬스터를 만든 이유는 마법진을 발동시켰을 때, 그 효과를 리더 몬스터가 끌어들이도록 하기 위한 것이었다.

다시 말해서 리더 몬스터가 죽어버리면 곤란한 것이다.

그 때문에 리더 몬스터는 어퓨 크라딧들이 흡수했던 백신을 처방받았다고 한다.

그 덕분에 에테르 생체구조를 지닌 동물이지만 인간에 대한 공격성이 많이 사라진 상태고, 겉으로 보기에도 일반 동물들처럼 생겼기 때문에 구별이 쉽지 않다고 했다.

그런 것들이 지구 곳곳에 흩어져서 천공 필드에서 마법진이 작동하기만을 기다리고 있다는 것이다.

"그래서 검색 장치가 필요하다는 거잖습니까."

눈동자 모양의 테이블을 중앙에 두고 수십 명의 사람이 모여서 회의를 하고 있었다.

그들은 전 세계의 국가와 길드를 대표해서 대크라딧전(戰)을 이끄는 사람들이었다.

"아니, 에테르 기반 생명체를 찾아내는 것이야 여러 방법이 있지 않습니까. 지금도 몬스터들의 침입이나 무리 형성을 감시하는데 잘 쓰고 있는 것들이고 말입니다."

"하지만 그것으로는 그 리더 몬스터라는 것을 특정해서 찾을 수가 없지 않습니까. 우리는 리더 몬스터를 찾아야 합니다. 다른 몬스터는 필요가 없어요."

이미 검색 장치들이 많이 있다는 누군가의 말에 또 다른 사람이 어이가 없다는 표정으로 되받았다.

"하지만 샘플도 없는 상황에서 그 리더 몬스터를 찾는 검색 장치란 것을 어떻게 만든단 말입니까?"

그러자 새로운 검색 장치를 만드는 것이 쉽지 않은 일이라고 한쪽에서 푸념이 나왔다.

"아아, 진정들 하세요. 일단 대대적으로 수색 작업을 하고 있습니다. 먼저 우리가 알아야 할 것은 그것들의 외모가 지구의 일반 생명체와 같다는 겁니다. 그리고 그런 외모를 지니고 있으면서도 에테르 생체구조를 지니고 있다는 거지요. 거기에 들어맞는 표본들을 찾아서 포획하려는 시도를 하는 중입니다. 아시지 않습니까."

말다툼이 시작되는 듯하자, 또 한쪽에서 그것을 말리기 위해서 일의 진행 상황을 이야기하며 화제를 전환시켰다.

"그리고 전에 의논했던 대로, 포획된 개체들은 절대로 죽여서는 안 됩니다. 그것들을 대서양 한가운데 있는 실험선으로 옮겨서 그곳에서 관리를 해야 해요. 만약에 크라딧 놈들이 다시 마법진을 발동시켜도 한곳에 많은 리더 몬스터가 있다면 그쪽으로 마법진의 효과가 나타나게 될 확률이 높으니까요."

거기에 그나마 효과가 이 있을 것으로 예상되는 리더 몬스터의 관리 방법을 이야기하며 상황을 긍정적으로 보려는 시도도 나왔다.

"그거야 알고 있지만, 사실 리더 몬스터를 아직 한 마리도 못 찾고 있다는 것이 문제지요."

하지만 역시 문제는 아직까지 성과가 없는 수색 작업에 있었다.

리더 몬스터 수색에 나서고 이틀이 지난 지금까지도 성과가 없었다.

에테르 생체구조를 지닌 존재를 감지하는 감지기를 이용해서 대상을 찾은 다음에 그것이 일반적인 동물과 같은 모양인지를 확인하는 작업이 진행되고 있지만 성과는 별로 없었다.

특히 사람들이 많이 살고 있는 곳에선 에테르를 이용한 기기들이 워낙 많아서 도리어 몬스터 감지기가 제대로 작동을 하지 못하는 경우가 많았다.

"화이트 크라딧들까지 나서서 애를 쓰고 있으니까 곧 좋은 소식이 있지 않겠습니까?"

수색에 화이트 크라딧이 도움을 주고 있다는 이야기가 나왔다.

그동안 화이트 크라딧들은 자신들의 선택에 따라서 여러 무리로 나뉘어져서 다방면에서 활동을 하고 있었다.

그중에서 에테르 운용 능력이 특히 뛰어난 이들이 이번 리더 몬스터 수색에 도움을 주고 있었다.

"커엄, 솔직히 요즘은 그 화이트 크라딧 역시 문제입니다. 초기에는 어퓨 크라딧들에 대한 배신감 때문에 우릴 도왔는데, 요즘은 정체성 때문에 고민을 하는 이들이 많아요."

화이트 크라딧에 대한 이야기가 나오자, 누군가가 또 다른 이야기를 꺼냈다.

"그도 그럴 것이 그들은 에테르 기반 생명체라고 할 수 있습니다. 과거 인간이었던 것은 분명하지만 지금은 완전히 다른 생명체로 바뀌었지요. 그러니 그들이 스스로 에테르 기반 생명체라는 자각을 하면서 문제가 생기는 겁니다."

그리고 그와 비슷한 의견을 가진 사람이 나서서 화이트 크라딧에 대한 걱정을 슬쩍 드러냈다.

"그렇다고 해도 협조적이지 않은 것뿐이지, 그들이 어퓨 크라딧의 편에 서는 것은 아니지 않습니까."

"뭐, 아직까지는 그렇지만 미래는 모르는 일이지요. 미래엔 그들이 적이 될지 어떻게 알겠습니까?"

"거, 말을 좀 가려 가면서 하십시오. 좋은 우방을 그런 식으로 의심해서 틈을 만드는 당신이 도리어 더 문제입니다. 왜요? 그렇게 해서 우리와 화이트 크라딧의 사이를 갈라놓아야 할 이유라도 있습니까?"

하지만 그런 식의 문제 제기에 민감하게 반응하는 이들이 있었다. 화이트 크라딧과의 관계를 계속해서 우호적으로 이끌고 싶은 이들은 쓸데없이 꼬투리를 잡고 나서는 이들을 경계하고 있었다.

"아니, 그 무슨! 나는 그저 걱정이 되어서 하는 말일 뿐입니다."

"지금 당장 지구 인류 중에서도 에테르 생체구조를 지니면 어떨까 하는 헛소리를 하는 사람들이 있습니다. 그런 사람들의 수가 화이트 크라딧 중에서 중립으로 돌아선 사람들보다 훨씬 많을 겁니다. 위험하기로 따지면 그런 생각 없는 인간들이 더 위험하지요."

"커어엄."

사실 지구의 인류 사이에도 몸을 에테르 생체구조로 바꿔서 영생을 얻고, 거기에 더해서 에테르를 다루는 강력한 능력을 지니는 것에 혹한 이들이 제법 있었다.

에테르 코어의 노예가 된다면 문제지만 그것을 벗어날 수 있다면 화이트 크라딧이 되는 것도 나쁘지 않다고 여기는 것이다.

그래서 이번 파나마 사태에서 자신도 거기에 있었으면 좋았을 거라는 소리를 하는 이들이 있었다.

강력한 힘과 영생은 쉽게 뿌리치지 못할 유혹이어서 사람들 사이에서 은연중에 에테르 생체 구조를 얻고 싶어 하는 풍조가 퍼지고 있었다.

조금 전의 발언은 바로 그런 이들을 위험 인자로 봐야 한다는 취지의 발언이고, 화이트 크라딧을 몰아세우는 것은 어퓨 크라딧에 동조하는 것이 아니냐는 질책이었다.

"아아, 지금 방금 들어온 소식입니다. 드디어 리더 몬스터로 보이는 동물들이 포획되기 시작했다고 합니다. 역시 화이트 크라딧들이 나서니까 성과가 좋군요."

"그게 정말입니까?"

"자자, 여기 화면이 들어오고 있습니다."

회의 참가자 중의 누군가가 자신의 통신 단말기에서 나오는 영상을 테이블 중앙에 띄웠다.

거기에는 리더 몬스터로 보이는 동물들을 포획하는 과정이 짧게 정리되어서 재생이 되고 있었다.

그것도 한두 곳이 아니라 수십 곳에서 동시다발적으로 벌어지는 일이었다.

"어떻게 갑자기?"

"그게… 우리가 회의를 하는 동안에 진세현 천공기사가 먼저 포획을 하고, 이후에 포획에 대한 방법을 새로 지시를 했다고 합니다. 저것들은 일반적인 감지기로는 잡히지 않는다고 하는 군요. 대신에 특정한 에테르 파장에 반응해서 신호를 발산하는 녀석들이라서 그 에테르 파장을 흉내 내면 일정 거리 안에서는 쉽게 발견할 수가 있다고 합니다."

"그런 방법이 있었습니까? 정말 다행이군요."

"그 역시 진세현 천공기사가 알아낸 방법이라고 합니다. 파나마 사태가 벌어질 때, 주변에 있던 몬스터 감시 장치에 특별한 에테르 변화가 감지된 것이 없는지 확인을 해서, 그때만 나타났던 특이한 에테르 파장을 찾았다고 하더군요."

"그것 참, 그 사람, 난사람은 난사람인 모양입니다."

"따지고 보면 그 진세현에게 우리가 받은 도움이 이만저만이 아니지요. 그 판게아 세상에서 지구의 행성 코어를 구했다는 전설 같은 이야기를 빼더라도 말입니다."

"뭐, 그에 대해서야 증거가 없으니……."

"아아! 진세현 천공기사에 과거나 공적에 대해선 나중에 이야기를 합시다. 지금은 그게 중요한 것이 아니지 않습니까. 지금 중요한 것은 리더 몬스터를 모두 포획할 수 있느냐 하는 겁니다."

"지속적으로 포획을 해야 하지 않겠습니까? 그리고 그것들이 어떻게 지구에 들어오게 된 것인지도 밝혀내야지요. 오늘 길이 있다면 가는 길도 있지 않겠습니까? 크라딧 필드 하나라도 더 찾아서 처리를 해야 할 문제입니다."

"아, 저도 그 문제는 확실히 중요하다고 생각합니다. 리더 몬스터들이 어떤 경로로 지구로 들어오고 있는지 확인을 해야 합니다. 그건 무척 중요해요."

"맞습니다. 진세현 천공기사의 주장대로라면 지금 지구의 행성 코어는 완전히 회복을 하고, 외부로부터 에테르 기반 생명체들이 지구로 들어오는 것을 차단하고 있는 상황이라고 봐야 합니다. 그런데 리더 몬스터가 지구로 들어오는 것은 뭔가 문제가 있다는 거지요."

"그건 역시 이면공간과 크라딧 필드의 차이가 아닐까 싶습니다만. 아시는 것처럼 이면공간과 크라딧 필드는 성격이 다르지요. 크라딧 필드는 아무래도 지구에 더 까깝습니다. 그러니 행성 코어가 크라딧 필드에서 지구로 들어오는 몬스터에 대해선 제대로 차단을 못하는 것이 아니겠습니까?"

"음, 그렇게 생각을 할 수도 있겠군요. 결국 리더 몬스터의 유입 경로를 밝히면 우리가 찾지 못한 크라딧 필드를 찾을 수 있을지도 모른다는 말이군요."

"그렇습니다. 그러니 저 리더 몬스터들을 철저하게 살필 필요가 있습니다."

"음, 그런데 바다 한가운데에 저것들을 모으는 것은 좋지만,

그곳에서 연구를 하는 이들은 높은 확률로 사고를 당할 거라고 봐야 하는데, 괜찮습니까?"

"그만한 각오를 하고 들어간 사람들입니다. 뭐 그중에는 자기 몸이 에테르 생체 구조로 바뀌는 것을 경험해 보고 싶다는 정신 나간 사람들도 제법 있고요."

"그것 참, 그럴 때에는 또 그런 자들이 도움이 되기도 하는군요."

"자자, 그 이야긴 그만하고 이번에는 미국과 프랑스 쪽에의 크라딧 필드에서 진행되었던 토벌에 대해서 이야기를 해봅시다."

"그야 이미 보고서로 읽지 않았습니까? 아직까지 하나의 이면공간도 소멸시키지 못했고, 도리어 신인류라고 주장하는 초인 놈들에게 호되게 당하기만 했다고 말입니다."

"그렇다고 손을 놓고 있을 수는 없는 일, 아닙니까?"

"그렇게 재촉을 한다고 무슨 수가 있는 것이 아닙니다. 아시잖습니까. 초인이 등장하면 방법이 없어요. 방법이. 그나마 후퇴라도 할 수 있으면 다행이지."

"화이트 크라딧들이 힘을 모으면 어느 정도는 방어가 된다면서요?"

"비슷한 힘을 사용하니까 수가 많으면 어떻게든 버티긴 하지만 희생이 나오는 것은 어쩔 수 없지요. 그 때문에 화이트 크라덧 쪽에서도 초인을 상대하는 일에는 난색을 표하고 있습니다."

"그것 참, 방법이 없어요. 방법이. 계속 대치만 한다고 무슨 수가 나는 것도 아니고, 시간이 지날수록 그 거대 마법진인가 하는 것이 작동할 가능성이 높아지는 건데……."

"그러게 말입니다."

『천공기』 8권에 계속…

초대형 24시 만화방

신간 100%, 샤워실, 흡연실, 수면실(침대석), 커플석, 세탁기 완비

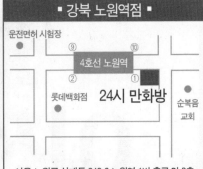
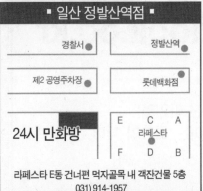

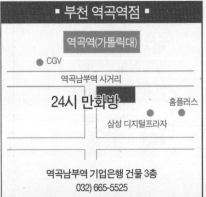
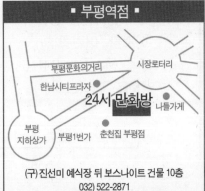

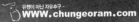

이계진입 리로디드

임경배 퓨전 판타지 소설
FUSION FANTASTIC STORY

『권왕전생』 임경배의 2015년 신작!

『이계진입 리로디드』

왕의 심장이 불타 사라질 때,
현세의 운명을 초월한 존재가 이 땅에 강림하리라!

폭군으로부터 이세계를 구원한 지구인 소년 성시한.
부와 명예, 아름다운 연인…
해피엔딩으로 이야기는 끝인 줄 알았건만
그 대가는 지구로의 무참한 추방이었다.
그리고 10년 후…….

"내가 돌아왔다! 이 개자식들아!"

한 번 세상을 구한 영웅의 이계 '재' 진입 이야기!

Book Publishing CHUNGEORAM

유행이 아닌 자유추구—
WWW. chungeoram.com

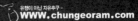